DESEO

D0379330

YVONNE LINDSAY
Enredos y secretos

HHARLEQUIN™

Editado por Harlequin Ibérica.
Una división de HarperCollins Ibérica, S.A.
Núñez de Balboa, 56
28001 Madrid

© 2018 Dolce Vita Trust
© 2019 Harlequin Ibérica, una división de HarperCollins Ibérica, S.A.
Enredos y secretos, n.º 164 - 18.4.19
Título original: Tangled Vows
Publicada originalmente por Harlequin Enterprises, Ltd.

I.S.B.N.: 978-84-1307-770-3
Depósito legal: M-5553-2019
Impresión en CPI (Barcelona)
Fecha impresion para Argentina: 15.10.19
Distribuidor exclusivo para España: LOGISTA
Distribuidor para México: Distibuidora Intermex, S.A. de C.V.
Distribuidores para Argentina: Interior, DGP, S.A. Alvarado 2118.
Cap. Fed./Buenos Aires y Gran Buenos Aires, VACCARO HNOS.

MIXTO
Papel procedente de
fuentes responsables
FSC® C108412
FSC
www.fsc.org

Este libro ha sido impreso con papel procedente de fuentes certificadas según el estándar FSC, para asegurar una gestión responsable de los bosques.

Capítulo Uno

–Ha habido un terrible error…

Yasmin Carter se quedó petrificada. Estaba ataviada con su elegante vestimenta nupcial al final de la alfombra azul, el color real, que conducía hasta el altar. Miraba fijamente al hombre que acababa de darse la vuelta para mirarla: Ilya Horvath, heredero legítimo del imperio Horvath y director ejecutivo del mayor rival que Yasmin tenía en los negocios.

Su futuro esposo, al que conocía ese mismo día.

Examinó el pequeño número de invitados. Las expresiones de sus rostros registraban una variedad de grados de sorpresa y consternación ante las palabras que ella había pronunciado. Yasmin se obligó a mirar de nuevo a Ilya. Él no parecía sorprendido… ni tampoco parecía encontrarlo divertido. De hecho, parecía furioso.

Bien, a Yasmin no le importaba. Ella también estaba bastante furiosa en aquellos momentos y se lo comunicaría a Matrimonios a Medida.

Cuando Riya, su jefa de oficina, le había hecho entrar en el negocio de los contactos, le había parecido la solución perfecta a sus problemas empresariales. Costes aparte, ella había visto que tenía más que ganar de los matrimonios concertados y a primera vista que le ofrecía Matrimonios a Medida que si permanecía soltera. Había soportado las pruebas psicométricas y las entrevistas con un objetivo en mente: asegurarse un acuerdo exclusivo para manejar los viajes familiares y de empresa de Hardacre Incorporated en los próximos cinco años. La empresa era muy conocida por sus sesiones de motivación empresarial y funcionaba por todo el país. Ese acuerdo era lo que Yasmin necesitaba para sacar a su pequeña empresa de vuelos chárter de los números rojos, por lo que había firmado sin pensárselo dos veces el contrato que estipulaba que debía permanecer casada con su desconocido esposo durante al menos tres meses. Con o sin contrato, aquella boda no iba a producirse.

Sabía que no debería haberse dejado llevar por aquel ridículo plan, pero le habían advertido que la esposa del dueño de la otra empresa jamás le permitiría a su marido que hiciera negocios con una hermosa y joven mujer soltera. Wallace Hardacre era un seductor, pero jamás se fijaba en mujeres casadas.

Todo había parecido tan sencillo… Para firmar el contrato tenía que estar casada. Sabía que tenía mejores precios que el resto de sus competidores y no era que no quisiera casarse algún día… De hecho, le encantaría encontrar a su media naranja, pero con las horas que necesitaba al día para ocuparse de su empresa, no tenía tiempo de establecer relaciones con ningún hombre.

Cruzó la mirada con la de Ilya solo un instante y sintió que un escalofrío le recorría la espalda. No exactamente de aprensión, sino de algo mucho más primitivo. No obstante, le bastó para estar segura de que aquel asunto había sido un error desde el principio.

A pesar de que parecía que Ilya Horvath acababa de salir de la portada de *GQ,* no se casaría con él bajo ningún concepto.

Por supuesto, físicamente era perfecto. Alto, de anchos hombros que rellenaban el traje a la perfección y con una ligera barba que le cubría la mandíbula, era, en una palabra, un hombre muy guapo. Yasmin experimentó una profunda atracción que hizo que, de repente, el corsé de su vestido de novia le apretara. Yasmin trató de aplacar aquella sensación y se obligó a respirar profundamente para recordarse que aquel hombre era inadecuado para ella mental, emocional, social y fiscalmente hablando. No. No podía hacerle eso a su fallecido abuelo, el hombre que la había acogido y que la había criado cuando sus padres la dejaron con él para poder continuar con sus aventuras en vez de enfrentarse a la madurez y a la responsabilidad. No podía casarse con el hombre cuyo abuelo, el mejor amigo del abuelo de Yasmin, le había robado a la mujer que amaba para casarse con ella. Lo de la atracción estaba muy bien, pero no servía cuando dos familias llevaban enfrentadas tanto tiempo.

–Definitivamente, ha habido un error –reiteró, con más firmeza en aquella ocasión.

Se inclinó para recogerse la falda del vestido de organza y dio un giro de ciento ochenta grados para salir de allí tan rápidamente como se lo permitieron los delicados zapatos de novia. Durante unos segundos, se produjo un silencio absoluto, pero la sala estalló con exclamaciones de asombro que persiguieron a Yasmin en su huida.

Ella no sabía dónde dirigirse mientras iba hacia el vestíbulo del hotel. ¿Debía ir a los ascensores para regresar a la lujosa suite en la que se había vestido aquella mañana o salir por la puerta principal con la esperanza de que hubiera taxis esperando? Una gran distancia separaba Port Ludlow, Washington, de su hogar en California. El taxi le costaría una…

–¡Yasmin! –exclamó la voz de una mujer–. Por favor, espera… Tenemos que hablar.

Yasmin se dio la vuelta. Una elegante mujer se dirigía hacia ella. Se trataba de Alice Horvath, la responsable de la amarga rivalidad que existía entre los Carter y los Horvath desde hacía más de sesenta años.

–Nada de lo que usted pueda decirme hará que cambie de opinión –le dijo Yasmin con firmeza.

–Solo te pido un poco de tu tiempo –insistió Alice mientras colocaba suavemente una mano sobre el brazo de Yasmin–. Te lo ruego. Es importante.

–Mire, yo…

–Tal vez mejor en tu suite –afirmó Alice. Había empezado a dirigir a Yasmin hacia los ascensores.

La adrenalina que Yasmin había sentido al ver al que iba a ser su futuro esposo comenzó a remitir, dejándola sumida en un persistente letargo.

–De acuerdo, pero usted, más que nadie, debería saber que está perdiendo el tiempo si lo que quiere es persuadirme para que me case con su nieto.

La anciana le respondió con una dulce sonrisa, pero guardó silencio. Se montaron en el ascensor y se dirigieron a la suite. Yasmin se sorprendió al ver que Alice sacaba una tarjeta para abrir la puerta.

–Perdona la intrusión –dijo Alice cerrando la puerta cuando las dos estuvieron dentro–. Le estaba guardando la tarjeta a Ilya hasta después de la ceremonia.

Yasmin no sabía qué hacer ni adónde mirar, por lo que optó por sentarse en uno de los sofás del salón. Alice se sentó enfrente de ella.

–Tienes derecho a saber qué es lo que está pasando.

Por supuesto que lo tenía. Yasmin apretó con fuerza los tallos del ramo de rosas para que no le temblaran las manos y, con ello, el cuerpo entero.

–Deja que me sincere contigo, querida. Cuando te

registraste en Matrimonios a Medida supe inmediatamente que mi nieto y tú erais compatibles. No necesité las pruebas para estar completamente segura de que Ilya y tú erais el emparejamiento perfecto.

–¿Cómo dice? ¿Usted trabaja en Matrimonios a Medida? ¿Me está diciendo que es usted la que realiza los emparejamientos? –quiso saber Yasmin, atónita.

–No es público, por supuesto, y evidentemente tomamos en consideración los tests y las entrevistas, pero más como confirmación de que estoy en lo cierto con mis parejas. Créeme si te digo que siempre he tenido un sexto sentido para estas cosas. Cuando me jubilé de la empresa familiar, mi sentido común me decía que centrase mi talento en otro negocio. Mi nieto me dijo que estaba preparado para casarse y sentar la cabeza, por lo que lo más normal era que recurriera a mí. Sin embargo, nunca esperé encontrar la pareja perfecta para él tan rápidamente. Tengo que decir que el hecho de recibir tu solicitud me sorprendió mucho.

Alice Horvath miró a la hermosa y confusa mujer que estaba sentada frente a ella y deseó que las cosas hubieran sido diferentes entre sus familias. Que no se hubiera producido el doloroso enfrentamiento entre dos buenos amigos cuando Jim Carter y Eduard Horvath se enamoraron de ella y terminaron distanciándose para siempre cuando Alice eligió como esposo a Eduard. Aquella era su oportunidad de enmendar las cosas, de cerrar las heridas después de tanto tiempo y finiquitar aquella enemistad de una vez por todas.

Si pudiera persuadir a Yasmin para que siguiera adelante con la boda…

Contuvo el aliento y eligió cuidadosamente las palabras. Si había algo que aquella joven entendiera bien, eran los negocios. Alice también sabía que Carter Air estaba pasando por graves dificultades y que Yasmin, a pesar de haber podido pagar la elevada tasa de inscripción, no se podría permitir los términos del contrato de matrimonio que había firmado o demandar a Matrimonios a Medida para conseguir zafarse del mismo.

Alice suspiró suavemente y se preparó para argumentar.

–Te repito que haberte emparejado con Ilya no es ningún error. Los dos os complementáis perfectamente y sois compatibles en lo que se refiere a valores, esperanzas y sueños para el futuro. Tengo fe en que los dos sois la pareja perfecta y que podríais disfrutar de un largo y satisfactorio matrimonio.

–Pero…

Alice levantó una mano.

–Por favor, déjame terminar. Hay momentos en los que hay que dejar el pasado atrás para poder mirar al futuro. Este es tu momento. Sé que ha habido momentos muy amargos entre nuestras familias, que tu abuelo y mi Eduard dejaron de hablarse después de que…

Alice parpadeó para borrar el sentimiento, la debilidad que no se podía permitir mostrar.

–Solo hay que decir que esa amargura ha viciado demasiadas vidas durante mucho tiempo…

–No se trata tan solo de una enemistad, señora Horvath…

–Te ruego que me llames Alice –le interrumpió la anciana–. Y sí, ya sé que es mucho más que eso. Sin embargo, te animo a reconsiderar tu postura y a volver a la ceremonia. Todo el mundo está esperando.

–No puedo hacerlo. No puedo ir contra todo lo que se me ha inculcado desde que era una niña. No me puedo casar con el hombre cuyo negocio está tratando de destruir el mío. Se lo debo a mis empleados y a la memoria de mi abuelo. Quiero invocar la cláusula de anulación de mi contrato. Ilya y yo somos incompatibles en muchos sentidos.

Los ojos grises de Yasmin brillaron de emoción y sentimiento, gesto que a Alice le hizo recordar al abuelo de la joven.

–Querida mía… A menudo el orgullo precede a una caída. Deja a tu abuelo a un lado. Se lo debes a tus empleados. Seamos sinceras. No estás en muy buena posición financiera, ¿verdad? –dijo Alice. Se detuvo un instante para que sus palabras hicieran efecto y asegurarse de que Yasmin fuera consciente de que ella sabía exactamente cuál era su situación en aquellos momentos–. Las cifras que proporcionaste como prueba de tu situación económica estaban infladas, por decirlo suavemente. Y, antes de que me lo preguntes, sí, lo hemos comprobado.

Yasmin empezó a protestar, pero Alice la interrumpió.

–Nos diste todo el derecho de examinar tu situación financiera cuando firmaste el contrato. Seamos sinceras la una con la otra. Las dos sabemos que no te vendría bien que se supiera públicamente que no has cumplido con tus obligaciones contractuales, por no mencionar el perjuicio económico por intentar romper el contrato que tienes con Matrimonios a Medida. Sé que pediste un crédito para realizar tu solicitud, un crédito avalado por los bienes de Carter Air, según tengo entendido.

Alice vio cómo Yasmin palidecía.

–¿Me estás amenazando con arruinarme? ¿Es eso? ¿Y todo para que me case con tu nieto?

–A veces, mi niña, el fin justifica los medios. ¿No te parece que tu futura felicidad lo merece?

–Es decir, que quieres que yo, concretamente, me case con Ilya. ¿Por qué?

Alice examinó a Yasmin, su pálido rostro y sus ojos grises, la hermosa boca y la orgullosa postura de su cuerpo. Estaba peleando una batalla que no podía ganar. Admitió que la muchacha tenía espíritu. Después de todo, ¿no había sido ella también una mujer joven hacía tiempo? Alice no era muy diferente. Luchaba enconadamente por lo que era lo mejor para los que amaba. Aquello era importante y estaba convencida de que de Ilya y Yasmin debían estar juntos. No los habría emparejado si no hubiera sabido en lo más profundo de su ser que eran perfectos el uno para el otro. Aquella habilidad que había mencionado anteriormente se había manifestado en ella muy pronto, una habilidad que unos podían calificar de farsa o locura y otros de intuición. Fuera lo que fuera, era su don y solo lo usaba para hacer el bien.

Alice adoraba a su nieto mayor, el hijo de su primogénito, más de lo que nunca hubiera creído posible y aquella mujer era la clave para su felicidad. Estaba tan segura de ello como de haber tomado la decisión correcta cuando eligió a Eduard Horvath para que fuera su esposo. Tan segura como lo estaba de todos y cada uno de los emparejamientos que había realizado. Solo esperaba que Yasmin se diera cuenta también.

–Quiero mucho a mi nieto, pero trabaja demasiado y, en lo más profundo de su ser, no creo que sea feliz. Aunque tú no lo sepas, tienes la llave para su felicidad futura. No hay nada que desee más que verlo felizmente casado. Es tan sencillo, y tan complicado, como eso –concluyó mientras se sacudía una invisible mota de polvo de la manga de la chaqueta–. Ahora, ¿regresamos a la ceremonia? Las dos sabemos que, económicamente, no te puedes permitir cancelar esta boda.

–¿Y qué me dices del evidente conflicto de intereses? Ilya es mi rival en los negocios. ¿Cómo vamos a solucionar eso?

–Eso es algo que tendréis que solucionar vosotros dos.

–No. Con eso no me basta. Necesito saber que los Horvath no interferirán con Carter Air. La empresa de Ilya ha comprado o se ha deshecho de todas las compañías de vuelos chárter. No voy a permitir que eso le ocurra a Carter Air. Se lo prometí a mi abuelo y mantendré su legado a salvo.

Alice asintió y le dedicó a Yasmin una pequeña sonrisa de compasión.

–Querida niña, sé que querías muchísimo a tu abuelo. A pesar de la manera de ser que tenía, él era un hombre de profundos sentimientos. Sin embargo, a veces, las promesas que se realizan sin pensar deberían romperse. ¿De verdad es Carter Air tu pasión o simplemente te estás aferrando al sueño de un hombre… y a su amargura?

–¿Cómo te atreves a decir algo así? ¿Su amargura? ¡Tú le abandonaste! De hecho, ni siquiera tuviste la decencia de decírselo en persona. Se enteró cuando leyó la noticia de tu compromiso en el periódico local.

Alice sintió una punzada en el pecho.

–Fue lo mejor para todos…

–Tendrás que perdonarme si no estoy de acuerdo –le espetó Yasmin. Se levantó del sofá y comenzó a andar arriba y abajo por el salón. Las capas de su vestido flotaban como si fuera una nube–. Está bien. Sé que no me puedo permitir romper el contrato. Seguiré adelante con la boda, pero con una condición.

11

–¿Y es?

–Que nuestras empresas sigan siendo dos entidades separadas y que Ilya y yo nunca hablemos de negocios.

Alice se levantó y se puso frente a Yasmin.

–Vuestros negocios son una gran parte de vuestras vidas. No poder compartir y hablar de vuestras jornadas de trabajo, de vuestros desafíos y de vuestros éxitos significa que solo estaréis compartiendo la mitad de vuestras vidas. ¿Crees que es una decisión acertada?

Yasmin adoptó un gesto serio.

–Es la única manera. Si él no accede a ello, se cancela la boda y tú me liberarás de mi contrato sin penalización alguna porque dañaría mi negocio si se supiera que he infringido mi contrato con vosotros, pero, ¿no le ocurriría lo mismo a Matrimonios a Medida? Después de todo, Ilya es tu nieto. Eso ya conseguiría que el tema levantara suspicacias si tu implicación se hiciera pública, ¿no te parece?

Alice admiraba el coraje de aquella mujer. Inclinó la cabeza ligeramente.

–¿Y tú aceptarás la palabra de mi nieto de honrar y cumplir tu petición? Estoy segura de que habrás oído decir que su palabra vale su peso en oro.

Yasmin asintió.

–Está bien. Iré a hablar con mi nieto.

–Tengo que decir que me sorprende lo bien que estás tomándote esto –le dijo Valentin Horvath a Ilya al oído–. Después de todo, no ocurre todos los días que a un hombre lo rechaza su futura esposa nada más verlo. Tal vez no soy imparcial, dado que soy familia tuya y todo lo demás, pero no creía que fueras tan feo.

Ilya apretó la mandíbula y contó hasta diez antes de responder a su primo, que era también uno de sus mejores amigos. Valentin estaba al frente de Horvath Pharmaceuticals en Nueva York y, en general, era más serio que Galen, su hermano menor.

–Era de esperar que se pusiera nerviosa.

–¿Y si no regresa? –le preguntó Galen.

–Regresará.

–Con Nagymana escoltándola al altar, no me cabe la menor duda –dijo Valentin, utilizando el apodo húngaro de la familia para referirse a la abuela.

Galen ahogó una carcajada.

–No puedo decir que haya visto a Nagy moviéndose tan rápidamente desde hace mucho tiempo.

–Está protegiendo su inversión –replicó su hermano–. Ya sabes lo personalmente que se toma sus emparejamientos.

Ilya hizo un gesto de desesperación con los ojos. Las bromas familiares estaban muy bien y eran de esperar dadas las circunstancias, pero él se estaba impacientando. ¿Dónde demonios estaba su novia?

Había reconocido a Yasmin Carter en el momento en el que se dio la vuelta. Muchos pensamientos se le pasaron por la cabeza, pero el primero fue lo hermosa que estaba de novia. ¿Quién hubiera imaginado que bajo los trajes o los vaqueros que le había visto puestos en el aeródromo pudiera resultar tan increíblemente femenina o tan vulnerable y frágil? La imagen que había visto de ella aquel día había apelado a un instinto sobre el que su familia le gastaba bromas constantemente: su necesidad de proteger y proveer a todos por los que sentía lago. No había esperado sentir inmediatamente algo así por su futura esposa, pero así había sido, y de modo profundo y visceral. Esa respuesta le había hecho desear salir tras ella cuando Yasmin salió huyendo. Solo la promesa de su abuela de que ella se ocuparía le había impedido echar a correr detrás de su futura esposa, a pesar de que cada célula de su cuerpo le animaba a hacerlo.

Volvió a consultar el reloj. Hacía ya más de veinte minutos que se habían marchado.

—Los nativos se están impacientando —comentó Valentin mientras observaba a todos los familiares y amigos que se habían reunido allí—. Menos mal que te has encargado de que corra el champán, Galen.

Galen era el director de la cadena hotelera Horvath. Automáticamente, se había puesto a controlar la situación en el momento en el que la boda dejó de seguir los cauces previstos. Ilya rechazó el ofrecimiento de un camarero, que se detuvo a su lado con una bandeja de bebidas. Aquel día tenía que mantener la cabeza fría.

Un movimiento en la puerta atrajo su atención. Se dirigió hacia su abuela antes que nadie.

—¿Está bien Yasmin? —le preguntó mientras su abuela tiraba de él hacia el pasillo.

—¿La has reconocido?

—Por supuesto que sí. A pesar de que no paro de preguntarme qué locura te ha llevado a emparejarme con ella, he aprendido a confiar en ti. ¿Pero y ella? Es más nerviosa de lo que me había imaginado.

—Claro que deberías confiar en tu abuela. Tan solo tengo en mente lo mejor para ti —replicó Alice mientras le acariciaba suavemente la mejilla—. Tenemos un pequeño problema.

¿Un pequeño problema? Ilya hubiera dicho que el hecho de que su futura esposa saliera huyendo de la ceremonia era mucho más que un problema.

–Si quieres que siga adelante con la boda, tiene un pequeño requerimiento para ti –añadió.

–¿De qué se trata?

–Se muestra muy protectora hacia Carter Air. Seguirá adelante con esto si nunca habláis de negocios y mantenéis separadas vuestras empresas. Es decir, nada de fusiones, compras… Ni siquiera podréis compartir información.

–¿Eso es todo?

Teniendo en cuenta la visión general, no era nada. Por supuesto, era normal que ella deseara proteger su empresa. A pesar de la mala sangre que había entre ambas familias, Ilya no tenía interés alguno por Carter Air ni deseaba nada malo a Yasmin aparte de la habitual competitividad entre empresas. No era su estilo. Nunca había comprendido el porqué de la guerra fría que había existido entre Jim Carter y su abuelo y que se había prolongado varias generaciones. Ilya no era rencoroso, pero no dejaba de preguntarse si su abuela tendría otras ideas bullendo bajo aquella perfecta y bien peinada cabellera plateada.

–Entonces, ¿estás de acuerdo?

–Por supuesto que estoy de acuerdo, Nagy. Muéstrame dónde firmar y lo haré.

Vio alivio en los ojos azules de su abuela.

–Gracias, hijo mío. Creo que, por el momento, mantenemos esto simplemente como un acuerdo verbal, ¿no te parece? No queremos que nada enturbie las aguas si cambian las circunstancias y, gracias a tu ejemplar reputación, Yasmin está dispuesta a aceptar tu palabra. Ahora, regresa ahí dentro y espera.

–¿Vamos a seguir con la boda?

–Por supuesto que sí.

Capítulo Dos

Yasmin trató de sobreponerse a la abrumadora sensación de *déjà vu* que la asaltó en cuanto volvió a acercarse a las puertas del salón. Su día de bodas. Iba a casarse. Con ello, esperaba que sus problemas empezaran a desvanecerse. Al menos sus problemas empresariales. En cuanto a los personales… Bueno, eso era otra historia.

Llegó hasta el borde de la alfombra y sintió que alguien se le acercaba. Era Ilya.

—Yasmin Carter, ¿quieres casarte conmigo? —le preguntó mientras le ofrecía el brazo para poder acompañarla hasta el altar.

Ella observó sus ojos azules y sintió una profunda tranquilidad, lo que era muy extraño, dado que los dos eran fieros rivales en los negocios. Sin embargo, él le proporcionaba tranquilidad. Compañerismo. Matrimonio. No debería haber tenido ningún sentido, dado que apenas lo conocía, pero, en aquel momento, él era la llave que podría abrir la puerta de su futuro.

—¿Yasmin?

—Sí, me casaré contigo —respondió esperando sonar firme y decidida. Pero su voz sonó ronca y temblorosa.

—¿Vamos entonces? —le preguntó él indicándole el altar.

Yasmin entrelazó el brazo con el de él y los dos avanzaron juntos. La ceremonia pasó sin que ella se diera casi cuenta. Suponía que había dado las respuestas correctas en el momento correcto, porque, de repente, sintió cómo Ilya le colocaba una reluciente alianza de boda en el dedo y el encargado de celebrar la ceremonia los declaraba marido y mujer.

Ilya se inclinó hacia ella. «Dios mío, ¡va a besarme!». El corazón comenzó a latirle al doble de velocidad en el pecho. Sin saber qué hacer, permaneció inmóvil, viendo cómo él se acercaba a ella con un brillo especial en aquellos intrigantes ojos y una expresión de humor y determinación en el rostro.

Cuando ya estuvo muy cerca, Yasmin sintió su calidez y aspiró el aroma de su colonia, una mezcla de pino y sándalo. Entonces, los labios de Ilya tocaron los de ella. Una agradable sensación se extendió por todo su cuerpo y le puso un nudo en la garganta. El tiempo pareció detenerse. Lo único que existía era la sensación de aquel beso. Y, de repente, terminó. Demasiado pronto, aunque en realidad, no lo suficiente.

Cuando él se apartó, se escucharon aplausos y vítores. Aunque él no la estaba tocando en aquellos momentos, todos los nervios de su cuerpo seguían vibrando como si él la estuviera aún besando. Era una maravillosa locura. Sintió un zumbido en los oídos.

Su recién estrenado esposo se inclinó de nuevo sobre ella y susurró:

–Respira, Yasmin.

Respiró profundamente antes de comenzar a aceptar la enhorabuena de sus pocos empleados, prácticamente sus únicos amigos entonces, que habían conseguido acudir a la boda. Estaba casada con Ilya Horvath. Un hombre muy peligroso.

Un único beso le había hecho perder el control. Un beso. Nada más. ¿Tan débil era? ¿Tan necesitaba estaba de atención masculina? Miró a Ilya, su esposo, y el deseo que él había prendido en ella se acrecentó. Sintió cómo un cálido rubor le cubría las mejillas cuando, de repente, él se dio la vuelta y cruzó la mirada con la de ella. Yasmin apartó rápidamente los ojos.

Alice Horvath apareció frente a ella. ¿Eran lágrimas lo que parecía haber en los ojos de la anciana? Seguramente no. Antes de que Yasmin pudiera decir nada, Alice se adelantó.

—Enhorabuena, querida mía, y bienvenida a la familia. Ahora, eres una de los nuestros.

Abrazó a Yasmin con fuerza y la mantuvo pegada a su cuerpo unos segundos. Yasmin sintió que aquellas palabras se le grababan rápidamente en la memoria. Antes de que pudiera responder, Ilya regresó a su lado.

—El fotógrafo nos necesita. ¿Nos perdonas, Nagy?

Al cabo de pocos segundos, estaban en los hermosos jardines que daban al puerto. Yasmin se había sentido muy emocionada al saber que, debido a que en California la pareja debía solicitar juntos la licencia, su boda iba a celebrarse en el estado de Washington, donde podían solicitarla por separado. Así, satisfacían la condición de Matrimonios a Medida de que los novios debían verse por primera vez en el altar. A Yasmin siempre le había gustado mucho aquella zona y el hotel era tan pintoresco como había imaginado, con los sonidos de los barcos amarrados en el puerto y el aroma a sal.

—¿Te encuentras bien? —le preguntó Ilya—. Me pareció que te vendría bien un poco de aire fresco.

—Estoy bien, gracias, pero tienes razón. Es agradable estar lejos de ese circo. No sabía que sería tan…

—¿Abrumador? —le preguntó él, como si supiera qué era exactamente lo que ella estaba sintiendo.

Yasmin lo miró. No era una mujer de baja estatura, pero, como los zapatos que llevaba eran planos, él le sacaba prácticamente una cabeza.

–Sí, abrumador.

No se refería exclusivamente a la ceremonia, sino también a él. Ilya era mucho más de lo que ella había esperado. Por supuesto, había visto fotografías, e incluso había estado cerca de él en un par de ocasiones cuando los dos habían asistido a actos relacionados con el mundo de la aviación. Sin embargo, ni en un millón de años se habría imaginado que se convertiría en su esposa. Le miró las manos. Tenía una botella de champán francés y una única copa. Observó cómo él servía el champán.

–Toma –le dijo mientras le ofrecía la copa–. Esto te podría ayudar.

La piel se le puso de gallina, como si él le hubiera deslizado un dedo por uno de los senos y hubiera seguido más abajo, mucho más abajo… Dentro del corsé, sintió que los pezones se le erguían y se le escapó un suspiro de sorpresa cuando el anhelo se dirigió directamente hacia el centro de su feminidad. ¿Era aquello a lo que Alice se habría referido cuando le dijo que estaban hechos el uno para el otro? ¿Era la anciana capaz de ver la química que atraía a las personas? La química que hacía que Yasmin se sintiera como si tuviera tantas posibilidades de evitar la atracción que estaba experimentando hacia Ilya como las que tenía un trozo de hierro de zafarse de un imán.

Apartó la mirada de sus manos y aceptó la copa. Se la llevó a los labios y se tomó al menos la mitad de un trago. Las burbujas le bailaban en la lengua y en la garganta, igual que la sangre le danzaba en las venas más apasionadamente cuanto más tiempo estaba con él.

19

–¿Tienes sed? –le preguntó Ilya levantando una ceja.

Ella se ruborizó muy avergonzada, lo que le hizo sentirse aún más incómoda.

–Algo así –musitó antes de dar otro sorbito, aún más delicado.

El fotógrafo y su ayudante se reunieron con ellos, por lo que Yasmin respiró profundamente, tanto como le podía permitir el apretado corsé.

Pasaron una hora tomando fotografías, llenas de poses y de sonrisas poco naturales. Cuando el fotógrafo anunció por fin que había terminado, Yasmin había tomado más champán del que debería, teniendo en cuenta que ni había desayunado ni había comido por los nervios.

–De acuerdo chicos, ¿qué tal si ponemos un poco de pasión?

–Sabe que nos acabamos de conocer hoy mismo, ¿verdad? –le preguntó Yasmin a Ilya entre dientes.

Ilya le rodeó la cintura con el brazo y se apretó un poco más a ella.

–Creo que podemos reproducir bastante razonablemente ese sentimiento, ¿no te parece?

Ilya bajó el rostro para acercarlo al de ella, colocando los labios a pocos milímetros de los de Yasmin. Ella vio las estriaciones plateadas que irradiaban desde las pupilas y el borde de azul oscuro que tenía en torno a los iris. Verdaderamente, tenía el color de ojos más hermoso que había visto nunca. Le había colocado la mano con fuerza contra la espalda. Su calidez le llegaba lentamente a la piel, lo que le produjo un escalofrío. Tal vez fuera en realidad un desconocido para ella, pero la afectaba a un nivel que la intrigaba y la asustaba al mismo tiempo.

El aliento de Ilya era un mero susurro contra sus labios, su mirada intensa. Involuntariamente, Yasmin levantó la mano para cubrirle la mejilla. Experimentó un hormigueo en la palma al sentir el roce de la barba recién afeitada. Separó los labios en un suspiro y sus sentidos parecieron prepararse para el momento en el que sus labios se tocaran.

–¡Perfecto! –exclamó el fotógrafo alegremente, rompiendo así el embrujo–. Ahora, volvamos al interior para realizar algunas fotografías de grupo y las de la tarta.

Yasmin parpadeó y dejó caer la mano. Aún tenía la otra agarrando con fuerza el ramo de novia, como si le fuera en ello la vida. ¿Qué era lo que había estado a punto de ocurrir? No estaba segura de si agradecía la intervención de los fotógrafos o se sentía furiosa por ello. Se echó de nuevo a temblar. Aunque ya casi había llegado el otoño, el día había amanecido cálido y soleado, pero las nubes habían empezado a cubrir el cielo y la temperatura había bajado significativamente.

–Toma, que veo que tienes frío. Deja que te ponga mi chaqueta sobre los hombros.

Antes de que Yasmin pudiera argumentar que muy pronto estarían en el interior del hotel, Ilya ya se la había colocado sobre los hombros. El calor del cuerpo de él se transfirió del forro de seda de la prenda hasta la piel de ella, sensibilizándosela aún más. De repente, comenzó a llover y las gotas de lluvia humedecieron la blanca camisa de Ilya, volviéndola transparente donde la tocaban. Yasmin vio un oscuro pezón a través del blanco y fino algodón y sintió un deseo tan intenso que casi tropieza cuando dio un paso para echar a andar.

Muy caballeroso, Ilya la sostuvo. El ayudante del fotógrafo regresó rápidamente hacia ellos con un enorme paraguas blanco que Ilya aceptó y con el que los cubrió a ambos. Él la guio hacia las puertas de entrada. En cuanto estuvieron en el interior de la zona de recepción, ella se quitó inmediatamente la chaqueta y se la devolvió.

–Gracias, ya no la necesito.

–No está mal aceptar un poco de ayuda de vez en cuando.

–Y eso lo dice el hombre que nunca ha tenido que pedirle ayuda a nadie.

Sonrió para suavizar sus palabras, pero estas parecieron quedar flotando en el aire, entre ellos. Ilya había nacido rodeado de privilegios, unos privilegios que, ciertamente, habían sido conseguidos por el duro trabajo de las generaciones previas y también de la actual, algo que ella sabía muy bien. ¿De verdad nunca había tenido que desear nada?

–Además –prosiguió ella–, tendrás que tener tu mejor aspecto para la recepción.

Ilya guardó silencio y se puso la chaqueta. La organizadora de eventos del hotel estaba esperando a las puertas de la sala donde se iba a celebrar el banquete.

–¿Estáis los dos listos? –les preguntó con una sonrisa.

–Tanto como lo podremos estar nunca, ¿verdad? –respondió Ilya con una sonrisa mientras miraba a Yasmin.

Ella asintió tratando desesperadamente de ignorar las ridículas sensaciones que la inundaban. Cualquiera pensaría que era una mujer loca y desesperada por el sexo si supieran lo fácilmente que Ilya había conseguido despertar sus sentidos.

«¿Y no lo eres?», le susurró una vocecita en su interior.

Sí, bueno, tenía que reconocer que no había tenido una cita desde hacía más de dos años. En cuanto al sexo… bueno, eso era incluso más tiempo. No obstante, eso no significaba que tuviera que deshacerse como un cubito de hielo sobre el asfalto caliente solo con que él la mirara. Además, no parecía que a él le estuviera ocurriendo lo mismo. Apenada, decidió que, en lo sucesivo, tendría que mantener bajo control sus ridículas reacciones. No podía ser tan difícil, ¿no?

Ilya observó a su flamante esposa con diversión. Se estaba esforzando mucho por mantener una actitud distante y, sin embargo, el rubor que le cubría las mejillas y la parte superior del torso indicaban que se sentía tan atraída por él como Ilya lo estaba por ella. Aquel iba a ser un matrimonio muy interesante, pero, ¿sería también duradero? Su abuela parecía estar convencida de ello. Aún no le había explicado por qué, pero Ilya sabía que Yasmin y él al menos tenían el mundo de la aeronáutica en común. El hecho de que fueran competidores era un asunto completamente diferente.

Los ojos grises de Yasmin iban de un grupo de invitados al otro mientras los dos avanzaban por la sala después de que se hubiera anunciado su llegada. Ilya había sentido cómo el cuerpo se le tensaba cuando los presentaron como el señor y la señora Horvath.

—No pienso adoptar tu apellido —susurró ella con fiereza cuando por fin se sentaron en la mesa presidencial.

—No esperaba que lo hicieras —afirmó él para aplacar su irritación—. ¿Preferirías que adoptara yo el tuyo? —añadió en tono de broma.

La sorpresa borró la exasperación del rostro de Yasmin.

—¿En serio? ¿Serías capaz?

—Si fuera importante para ti —respondió él con sinceridad–. Quiero que este matrimonio funcione, Yasmin. Aún desconozco tus razones para casarte o por qué nos han emparejado, pero me gustaría pensar que los expertos han acertado y que podemos salir adelante. Quiero un futuro que incluya una familia y compañía cuando me levanto por las mañanas y cuando me acuesto por las noches.

Ilya dudó. ¿Era demasiado pronto para decir algo así? A juzgar por la expresión del rostro de Yasmin, lo parecía. De hecho, él mismo se había sorprendido con aquella declaración. Sin embargo, Ilya era la clase de hombre que siempre decía lo que pensaba y quería. Quería una familia, una esposa que fuera su compañera en todo.

La recepción prosiguió con discursos entre los diferentes platos del banquete. Ilya notó que ella apenas tocaba la comida y que solo una persona se levantaba a hablar en su nombre, una mujer a la que Ilya reconocía del aeródromo. Creía recordar que era la jefa de oficinas de Yasmin y estaba sentada con su colorido sari con otros empleados de Carter Air. La familia de Yasmin no había acudido. Sabía que el abuelo que la crio había fallecido, pero, ¿por qué no habían acudido sus padres? ¿Indicaba su ausencia que faltaba algo más profundo en la vida de la que ya era su esposa? ¿Nacería su deseo de casarse de la necesidad de crear una familia propia?

La razón que había llevado a Ilya a pedirle a su abuela que le buscara esposa surgía de la tradición de su familia de entregar el control de la empresa a un heredero o heredera. Sin embargo, le había costado encontrar la mujer adecuada.

A la muerte de su padre, cuando Ilya tenía dieciséis años, su madre decidió apartarse de sus deberes parentales y dedicarse a buscar un nuevo amor. Él había echado de menos sentir que formaba parte de una pequeña y unida familia. Tenía a su abuela y a sus tíos y primos, pero no era lo mismo que lo que había perdido y lo que ansiaba volver a tener.

Miró a Yasmin y sintió compasión por ella. Su vida familiar no había sido mucho mejor. Ilya había conocido a su irascible abuelo en una ocasión y se había sorprendido de que Jim Carter y Eduard Horvath hubieran podido ser amigos. Eran completamente diferentes, por lo que Ilya habían podido deducir. Su abuelo había sido un hombre muy carismático y con mucho empuje, que siempre había tenido un ojo puesto en el futuro y en la expansión de su empresa. Había vivido, reído y amado con intensidad. Por el contrario, Jim Carter había sido tranquilo e incluso reservado. Su negativa a afrontar los cambios había impedido el progreso de Carter Air en muchos sentidos. Aunque su ética de trabajo nunca se había cuestionado, había carecido de la visión y la disposición para expandirse y adaptarse a los nuevos desafíos. Tales diferencias había sido lo que les había convertido en un equipo tan fantástico hasta que rompieron su amistad por Alice y se hicieron enemigos.

Yasmin parecía tener su propia manera de hacer las cosas con una dosis muy liberal de la cautela de su fallecido abuelo, pero Ilya estaba completamente seguro de una cosa: era una excelente piloto. La había visto en su Ryan PT–22 en las exhibiciones aéreas y le había dejado sin aliento. El antiguo Ryan tenía fama de ser un avión algo indomable, pero ella lo manejaba como si fuera una extensión de su cuerpo. Eso la convertía en una mujer con una personalidad muy intrigante y dejaba en el aire una pregunta: ¿cuántas más capas tendría Ilya que destapar para llegar a conocer a su recién estrenada y poco convencional esposa?

Capítulo Tres

Ilya se inclinó hacia Yasmin para hablarle al oído.

—Todo el mundo parece estar divirtiéndose mucho.

Yasmin asintió y trató de controlar la sensual sensación que experimentó al sentir el aliento de Ilya en el cuello.

—Todos excepto tú —añadió él.

—Estoy bien —insistió Yasmin a pesar de estar apretándose los puños sobre el regazo.

Tal vez estuviera bien, pero odiaba ser el centro de atención de aquella manera. Era como si estuviera en un escaparate para que todos los miembros de la familia del que ya era su esposo le dieran su aprobación. Los primos de Ilya parecían ser bastante agradables, pero sentía una gran confusión e, incluso, una velada hostilidad entre los de más edad. Además, estaban las preguntas. ¿Dónde estaban sus padres? ¿Les parecía bien el matrimonio?

A decir verdad, ni siquiera había podido localizarlos para decirles lo de la boda. Estaban en algún lugar de América del Sur según le habían hecho saber, persiguiendo a saber qué sueño en aquella ocasión. Una vida tradicional llena de decisiones previsibles no era para ellos. ¿Quién sabía? Tal vez incluso les pareciera bien el modo en el que ella había decidido casarse, aunque Yasmin lo dudaba. Su padre había tratado de encajar en el molde que su propio padre, el abuelo de Yasmin, había creado para él, pero los dos hombres nunca habían estado muy unidos, y, al final, el padre de Yasmin había decidido marcharse a perseguir sus sueños con la mujer de la que se había enamorado. Solo regresó para dejar a su hija al cuidado de su padre para que la pequeña tuviera estabilidad y la posibilidad de asistir al colegio.

En realidad, Yasmin les estaba agradecida a sus padres por lo que hicieron por ella, aunque su abuelo no siempre había sido la persona más fácil con la que convivir. La vida nómada no era lo suyo. Ella se parecía más a su abuelo de lo que le gustaba admitir. Necesitaba orden, control y estabilidad. Por todo ello, el día de su boda le estaba resultando muy difícil de sobrellevar.

Ilya interrumpió sus pensamientos.

—Vayámonos de aquí.

—¿Podemos hacerlo? —le preguntó ella.

—No veo por qué no. Es el día de nuestra boda. Podemos hacer lo que nos venga en gana, ¿no te parece?

Ilya extendió una mano y ella la agarró. Los dedos de él se cerraron en torno a los de ella y, suavemente, Ilya tiró de ellos para que se pusiera de pie. ¿Era aquel el momento en el que empezaba su luna de miel? ¿En la suite para recién casados? Yasmin sintió que se le hacía un nudo en el estómago. Por muy poderosa que fuera la atracción que sentía por él, sabía que no estaba preparada para algo así. No estaba preparada para él.

Salieron por las puertas acristaladas al patio exterior. Había dejado de llover y había dejado una tarde húmeda y fría que olía a leña. Ilya se apresuró en dejarle de nuevo a Yasmin su chaqueta. Ella agradeció la calidez que esta le proporcionó y atravesó detrás de él el patio hasta otra puerta que llevaba al vestíbulo principal del hotel.

—Veo que conoces bien este lugar —comentó ella—. A mí me costó llegar desde mi habitación hasta la sala donde se iba a celebrar la boda.

Ilya le dedicó una sonrisa.

–Probablemente tenías otras cosas en mente.

Yasmin trató de ignorar el modo en el que la sonrisa de Ilya se le reflejaba también en los ojos. Le hacía parecer incluso más guapo e hizo que ella se preguntara de nuevo cómo iban a abordar aquella primera noche juntos. Dudaba que hubiera estado tan nerviosa si su marido hubiera sido otro hombre.

Se cuadró de hombros y respiró profundamente.

–Vamos entonces –dijo ella sin mucho entusiasmo.

Ilya se echó a reír.

–No es necesario que suenes tan animada al respecto –comentó él mientras se dirigían a los ascensores.

–Lo siento –replicó Yasmin sonrojándose–. No he hecho esto nunca antes. No estoy muy segura de cuál es el protocolo.

–No pasa nada –le aseguró él con voz profunda–. Ha sido un día muy difícil. No lo que yo esperaba.

–¿Y qué esperabas? –le preguntó ella mientras los dos entraban en el ascensor.

–Con toda seguridad, no a ti, aunque no me quejo –añadió rápidamente.

–Bueno, te aseguro que yo tampoco te estaba esperando a ti si te sirve de consuelo.

–Sí, creo que resultó bastante evidente por tu reacción –bromeó él.

Yasmin sintió que una débil sonrisa se le formaba en los labios. Era el primer momento de humor que había apreciado en todo el día.

–Tienes una sonrisa preciosa –comentó Ilya justo en el momento en el que se abrían las puertas y los dos salían del ascensor.

Habían llegado a su planta. Las mariposas volvieron

a bailarle en el estómago. De repente, ella deseó que hubiera una especie de manual en el que se le explicara qué era lo que ocurría a continuación. Era su noche de bodas. ¿Qué pensaba que iba a ocurrir a continuación?

Llegaron a la puerta de la suite e Ilya sacó una tarjeta del bolsillo.

–Me subieron mis maletas durante la recepción –dijo mientras entraban en la hermosa suite–. Les dije que no las abrieran.

–¿Que no las abrieran? –repitió Yasmin–. ¿No se supone que vamos a pasar nuestra noche de bodas aquí?

–¿Tú quieres hacerlo? A mí no me importa quedarme si es lo que prefieres, pero tenemos otras opciones. Podríamos marcharnos a Hawái o incluso escondernos en mi casa de Ojai. Lo que tú prefieras.

Yasmin consideró lo que él acababa de proponerle. Por mucho que le gustara Washington, se sentía allí como pez fuera del agua. Tal vez si regresaran a California, en un ambiente más conocido, aquel matrimonio tan inusual podría empezar a resultarle más cómodo.

Miró a su alrededor. Se había sentido incómoda en aquella lujosa suite desde el momento en el que llegó. No estaba acostumbrada a tanta riqueza y glamour.

–No –respondió ella–. No quiero quedarme aquí.

–¿Qué prefieres entonces? ¿Hawái o mi casa?

Ilya hacía que todo pareciera tan sencillo... Tal vez en su mundo, así lo era.

–Deja que me cambie y que recoja mis cosas.

–¿Necesitas ayuda?

Yasmin estaba a punto de decir que no cuando recordó que el vestido tenía muchos corchetes con los que Riya le había tenido que echar una mano para poder abrocharlos.

29

–Gracias –dijo mientras le ofrecía la espalda–. Tal vez podrías desabrocharme los corchetes…

Yasmin oyó que Ilya contenía el aliento antes de responder.

–Claro. Parecen algo complicados. Veamos qué tal se me da.

Yasmin se preparó para sentir el contacto de su piel. Allí estaba. Él le introdujo los dedos en la parte superior del corpiño y fue desabrochando los corchetes con cierta habilidad. Tenía las manos cálidas.

Yasmin se sostuvo con firmeza la parte frontal del vestido.

–Llevas un corsé –comentó él cuando hubo desabrochado el vestido lo suficiente para ver qué llevaba debajo–. ¿Podrás quitártelo sola?

Ella cerró los ojos. Dejar que él la ayudara a desnudarse estaba resultando una verdadera tortura.

–Tal vez si pudieras desabrochármelo un poco… Creo que ya puedo yo arreglármelas después.

Ilya no respondió. En vez de ello, Yasmin sintió sus manos sobre la espalda mientras él comenzó a desabrocharle el corsé. Ella contuvo el aliento y, entonces, dio un paso al frente.

–Gracias. Creo que ya puedo yo.

Había una tensión en su voz que ella no pudo ocultar. El corazón le latía en el pecho como si fuera un pájaro enjaulado. Sin embargo, la curiosidad se había apoderado de ella. Se preguntó qué sentiría si se diera la vuelta para mirarlo. Si retirara las manos de donde sostenían el corsé para ver qué ocurría a continuación. El fuego le recorría las venas de nuevo, prendiendo pequeñas llamas en un deseo abrasador.

–Tómate tu tiempo –dijo Ilya–. Te estaré esperando.

Yasmin sintió que él se retiraba. Escuchó el crujido del cuero, por lo que dedujo que él se había sentado en uno de los sofás. Entonces, se obligó a dirigirse al dormitorio. Una vez dentro, cerró la puerta y soltó el aliento que había estado conteniendo. Se echó a temblar. Si Ilya no se hubiera apartado, se habría dado la vuelta.

Nunca se había dejado llevar por sus impulsos. Toda su vida había sido una mujer centrada y trabajadora. Conocía bien las consecuencias de no completar las cosas todo lo mejor que podía y conocía también las recompensas que acompañaban a los logros. ¿Qué era lo que se había apoderado de ella para que estuviera dispuesta a dejar todo aquello a un lado y arrojarse en los brazos de un desconocido que la esperaba al otro lado de la puerta? Un desconocido que era su marido. ¿Acaso no lo justificaba eso todo? No lo creía.

Dejó que el vestido cayera sobre la moqueta. Las manos comenzaron a desabrochar febrilmente los últimos corchetes del corpiño mientras se quitaba los zapatos de una patada. Cuando se vio por fin libre del corsé, lo dejó caer también al suelo y se metió rápidamente en el cuarto de baño. Abrió el grifo de la ducha y se quitó las medias y las braguitas de encaje.

El agua cálida comenzó a caer sobre su cuerpo, aliviándole la piel de la tensión que la había atenazado. No era la dulce novia que se había embarcado en aquella aventura por la mañana. Aquella persona había sido una soñadora, no la persona de acción que Yasmin siempre se había enorgullecido de ser. El hombre que la esperaba al otro lado de la puerta era guapo y atractivo, con todo lo necesario para que el cuerpo de una mujer reaccionara con deseo. Desgraciadamente, también era su enemigo. Yasmin haría bien en recordarlo.

***

Ilya inició las maniobras de aproximamiento, aliviado por fin de ver, a pesar de la oscuridad de la noche, el helipuerto que había junto a su casa, situada en las colinas del valle de Ojai. Yasmin estaba sentada junto a él en la cabina. Iba en silencio, observándolo todo, aunque de vez en cuando ahogaba un bostezo. Ilya sabía cómo se sentía. El día había sido agotador, pero ya estaban prácticamente en casa

Apenas habían hablado desde que se marcharon del hotel. Ella había tardado más de lo previsto en recoger sus cosas. La mujer que salió al final del dormitorio, vestida con unos pantalones oscuros, una blusa de color crema, una ajada cazadora de piloto y sin maquillaje, estaba a años luz de la mujer que él había empezado a desnudar.

Apretó con fuerza los controles y sintió un hormigueo en los dedos al recordar lo que había sentido al desnudarla. Su piel era muy suave y su aroma embriagador. Le había hecho falta una gran capacidad de autocontrol para no bajar la boca hasta la deliciosa curva del cuello, pero no había querido asustarla. Si quería que aquel matrimonio funcionara, tendría que tomarse las cosas con toda la calma que ella necesitara. Le daba la sensación de que merecería la pena.

Se preguntó qué sería lo que le había llevado a acudir a Matrimonios a Medida y decidió que tenía que acordarse de preguntárselo a su abuela. Tal vez debería preguntárselo a su propia esposa. A partir de aquel momento, ella debería ser la primera con la que hablara. De todo, menos de sus negocios.

Por fin, aterrizó en el helipuerto.

–Bienvenidos a casa, señor y señora Horvath –dijo Pete Crew, el jefe del personal aéreo, mientras se acercaba al helicóptero para abrir la puerta de Yasmin–. Tenga cuidado con la cabeza, señora Horvath.

–Llámeme Yasmin, por favor –replicó ella secamente mientras se desabrochaba el arnés y se quitaba los cascos.

Ilya contuvo una sonrisa. Le enorgullecía oír que le llamaban señora Horvath. Su esposa. Algo muy poderoso le recorrió todo el cuerpo. Era como si Ilya hubiera pasado a formar parte de algo nuevo y emocionante. En cierto modo, así era. No había estado casado antes ni había vivido nunca en pareja, lo que hacía que el resto de su vida con Yasmin fuera un mundo totalmente desconocido.

Se preguntó si sería muy duro mientras sacaba las maletas. Confiaba en que no lo fuera.

–Gracias por venir a ayudarnos a aterrizar, Pete.

–De nada, señor. Enhorabuena por su matrimonio –replicó Pete con una deslumbrante sonrisa para terminar mirando a Yasmin.

Ella bajó la cabeza tímidamente y sonrió ligeramente. Ilya había notado también que ella mostraba ciertas reticencias con su familia política. Se había preguntado si sería solo con ellos, pero parecía que iba a mostrarse así con todo el mundo… al menos con los que estuvieran relacionados con él.

–¿Quiere que le lleve las maletas, señora Horvath?

–No, gracias, Pete. Ahora vete a casa.

Pete se tocó la visera de la gorra mientras inclinaba ligeramente la cabeza.

–Llámeme si me necesita.

Ilya le dedicó una sonrisa.

–Oficialmente, estoy de luna de miel. Espero no volver a necesitarte hasta que me reincorpore al trabajo dentro de dos semanas.

–Por supuesto, jefe. Que tenga una feliz luna de miel.

Ilya se acercó a Yasmin, que había estado observando la escena desde el perímetro exterior del helipuerto. A sus espaldas, oyó que el aparato volvía a despegar.

–Si no quieres salir volando, es mejor que nos vayamos a la casa. Tomaremos este sendero de aquí –dijo, indicando un camino que salía a un lado, alineado por luces de jardín.

–¿Y nos quedamos aquí aislados? –le preguntó Yasmin sin dejar de mirar al helicóptero.

–¿Acaso te preocupa eso?

–¿Debería?

Ilya soltó una carcajada.

–No, no debería y no, no estamos aquí aislados –añadió mientras le indicaba un garaje lleno de coches que había a un lado de la casa a la que, en aquellos momentos, se estaban acercando a través del jardín–. Si sientes la necesidad de huir, tienes para escoger.

–¿Huir? –repitió ella arqueando ligeramente una ceja–. ¿Qué te hace pensar que querría hacer algo así?

–Bueno, tal vez el modo en el que estás retorciendo la correa de tu bolso.

Yasmin se miró las manos.

–Solo estoy nerviosa. Como ya te he dicho antes, yo nunca he hecho algo así.

–Yo tampoco –le aseguró rápidamente Ilya–. Así que, propongo que nos mostremos abiertos el uno con el otro sobre cómo nos sentimos, ¿de acuerdo? Dímelo, para que te pueda ayudar a que te sientas menos nerviosa. Bueno, ya hemos llegado.

Ilya se acercó al porche de su casa. Se había enamorado de aquella mansión de estilo mediterráneo situada en una finca de más de dieciséis hectáreas en el momento en el que la vio. E iba a compartirla con Yasmin. Dejó las maletas en el suelo y colocó un dedo en el lector de la puerta antes de empujarlas para que se abrieran.

–Bienvenida a nuestra casa, Yasmin.

Ella echó a andar, pero Ilya se lo impidió colocándole una mano en el hombro.

–Permíteme –dijo. Entonces, se agachó ligeramente y la levantó en brazos.

Yasmin ahogó un grito de sorpresa y le rodeó el cuello con los brazos mientras él atravesaba el umbral. A Ilya le pareció que no pesaba nada, pero la presión de su cuerpo le impactó profundamente. Le había colocado una mano alrededor de las costillas, justo por debajo de uno de los senos. A pesar de su delgadez, tenía curvas. ¿Qué haría Yasmin si él prosiguiera con la tradición y volviera a besarla?

El ligero beso tras la ceremonia había supuesto una tortura y un tormento para él. En el instante en el que sintió los labios de ella contra los suyos, supo que quería explorar un poco más, pero, en una sala llena de familiares y amigos, se vio obligado a reconocer que había un límite sobre lo que resultaba aceptable en público. Incluso en aquellos momentos, cuando ya estaban solos, la evidente aprensión que ella mostraba significaba que tendría que tomarse las cosas con más calma.

Volvió a dejarla en el suelo, pero, entonces, ella se movió y se inclinó sobre él. La rodeó con sus brazos y la estrechó contra su cuerpo. Después, bajó la boca hacia la de ella.

Se quedó atónito al ver que ella abría los labios. Era

menuda, pero sus besos eran realmente poderosos. Durante un instante, en lo único en lo que Ilya pudo pensar fue en el dulce sabor de su boca, en lo suaves que eran sus labios y en la textura de la lengua que se frotaba contra la suya. Profundizó el beso, tomándose su tiempo para saborear el momento. Si aquella reacción era un indicativo de lo que aún estaba por llegar, tenían mucho de lo que disfrutar. Yasmin lo embriagaba de deseo o, tal vez, era la sangre que se concentraba en otras partes de su cuerpo lo que le hacía sentirse tan mareado.

Apretó el labio inferior de Yasmin entre los dientes y succionó suavemente antes de trazar el contorno con la lengua. Quería hacer lo mismo con todo su cuerpo. Desde la hermosa boca hasta los senos y más abajo. Solo pensar en dejarse llevar por sus instintos lo llenaba de deseo… Ansiaba llevarla al dormitorio y demostrarle exactamente lo bueno que podría ser su matrimonio.

Sin embargo, presintió las dudas. Muy a su pesar, le dio un último beso en los labios y la soltó. Yasmin tenía los ojos brillantes y las mejillas sonrojadas.

Ilya volvió a salir al porche para recoger las maletas y las llevó al interior. Entonces, cerró la pesada puerta de madera.

–¿Quieres que te enseñe toda la casa ahora? –le preguntó–. ¿O prefieres esperar hasta mañana?

Yasmin miró a su alrededor, observando brevemente el comedor y el salón antes de volverse a centrar en él.

–No esperaba que tu casa fuera tan grande –dijo–. ¿Todo esto para una sola persona?

–Bueno, compré esta casa hace dos años con la perspectiva de llenarla de una familia…

Aún tenía ese pensamiento. De hecho, se iba haciendo más insistente cuanto más estaba en compañía de

Yasmin, aunque sabía que era aún demasiado temprano para estar pensando en esas cosas.

–¿Y tú? ¿Te gustaría tener hijos?

–Sí –respondió ella–. Como tú, crecí siendo hija única, pero no tenía primos tampoco que pudieran haber sustituido a mis hermanos, tal y como te ocurrió a ti. Siempre me juré que, si tenía alguna vez hijos, tendría más de uno. Supongo que esa fue una de las razones por las que nos emparejaron.

Ilya respiró aliviado. Algunas de sus relaciones sentimentales del pasado habían fracasado porque sus parejas no estaban interesadas en tener hijos. Resultaba de una importancia vital para él que Yasmin estuviera en la misma onda.

–Volviendo a la casa, ¿quieres verla ahora? ¿Escoger tal vez la habitación para los niños? –bromeó.

–Creo que es algo pronto para eso –respondió Yasmin riendo. Entonces, ahogó otro bostezo–. Lo siento, pero creo que será mejor que dejemos lo de recorrer la casa para mañana.

–Me parece bien. Te mostraré dónde está tu dormitorio. Sígueme.

Ilya la condujo escaleras arriba. Allí, se detuvo frente a la puerta de una de las habitaciones de invitados y la abrió. Le indicó a ella que entrara y, después, colocó la maleta sobre el baúl que había a los pies de la cama.

–Deberías sentirte cómoda aquí. Tiene su propio cuarto de baño y mi ama de llaves te habrá dejado preparados todos los productos de aseo que puedas necesitar.

–¿No… no vamos a compartir dormitorio?

–Todavía no, a menos que tú quieras…

–Yo…

–No pasa nada. Creo que es mejor que nos conozcamos el uno al otro un poco mejor antes de dar ese paso.

Pronunció con facilidad aquellas palabras, pero, en su interior, el cuerpo protestaba. Nada le habría gustado más que llevarla a la habitación principal, tumbarla en la enorme cama y mostrarle exactamente lo bien que quería llegar a conocerla. Sin embargo, el alivio que apareció en el rostro de Yasmin fue tan eficaz como una ducha fría.

–Gracias, te lo agradezco mucho.

–Eso no significa que no pueda desearte buenas noches. Dulces sueños.

Antes de que Yasmin pudiera decir nada, Ilya se inclinó sobre ella y la besó suave y dulcemente en los labios. Sintió que Yasmin se inclinaba ligeramente hacia él, pero, en aquella ocasión, en vez de perderse en la caricia, se obligó a que el contacto fuera breve y que los dos se quedaran deseando más. Si tenía que marcharse atormentado a la cama, ella también. Era lo justo.

No obstante, dudó un instante antes de marcharse.

–Mi dormitorio está al final del pasillo si cambias de opinión.

Con eso, se marchó.

Capítulo Cuatro

Yasmin tardó más en dormirse de lo que había esperado, considerando lo agotada que estaba cuando Ilya la dejó por fin en su dormitorio. Sin embargo, aparte del cansancio, los besos de Ilya habían despertado la imaginación en ella y, mientras permanecía tumbada entre las tersas sábanas de su solitaria cama, no podía evitar preguntarse lo que podría haber sido su noche de bodas si hubiera tenido el coraje suficiente de agarrarle el brazo después de que él le deseara las buenas noches para suplicarle que le enseñara más.

No dudaba que sería un consumado amante. Por lo que sabía de él, era un hombre increíblemente dotado en todo lo que hacía. Y estaba casada con él. Tenía el resto de su vida para descubrir lo hábil que era. Si llegaban a eso.

A la mañana siguiente, se levantó y bajó la escalera. Siguiendo el sonido de una batidora, llegó a una enorme cocina. Ilya estaba frente a la encimera de granito. No se había dado cuenta de que ella había entrado. Yasmin se tomó un instante para observarle, para apreciar el modo en el que la camiseta de botones que llevaba puesta se le ceñía a los hombros y a los pectorales. Llevaba puestos un par de vaqueros muy usados y ella sintió el ya familiar hormigueo por todo el cuerpo al percatarse de cómo se había deslucido la tela en ciertas zonas. Ilya paró la batidora y levantó la mirada. Una sonrisa enmarcó su rostro al verla en la puerta.

–Buenos días –dijo–. Espero que hayas dormido bien.

–Gracias. Sí, al final sí.

Yasmin se sentó sobre uno de los taburetes que alineaban la isla y observó cómo él servía dos batidos en unos vasos muy altos. Ilya le ofreció uno.

–Decidí que, si encajábamos tan perfectamente en todo, probablemente te gustaría uno de estos para desayunar –comentó con una pícara sonrisa–, pero si prefieres otra cosa, te la puedo preparar también.

–No, esto está bien. De todas maneras, no suelo desayunar.

–Bueno, pues necesitarás energía para lo que te tengo preparado esta mañana.

–¿Sí? –le preguntó ella levantando una ceja.

–Me encanta el modo en el que haces esto –observó tras extender la mano para acariciarle la frente con la yema de los dedos.

Sentir la piel de Ilya contra la de suya provocó que a Yasmin le temblara la mano. Tuvo que dejar el vaso sobre la encimera. Ilya se echó a reír y centró la atención en su batido. Entonces, se lo tomó de un solo trago.

–¿Y qué es lo que tienes preparado para la mañana? –le preguntó Yasmin. Había vuelto a tomar el vaso y le había dado un sorbo–. ¡Huy, qué bueno! –exclamó sorprendida–. ¿Qué le has puesto?

–Lo primero es lo primero. Vamos a ir a dar un paseo. ¿Tienes botas o algo parecido en tu maleta? Si no, podemos hacer otra cosa. En cuanto a lo del batido, es un secreto muy bien guardado –añadió guiñando un ojo–. Tal vez te lo cuente algún día.

Yasmin soltó una carcajada.

–Bien, mientras tanto, me limitaré a apreciar tus dotes culinarias. En cuanto a lo de las botas, tengo algo que podría valer para ir a andar. ¿A qué hora quieres salir?

–Probablemente dentro de media hora o así. ¿Crees que estarás lista para entonces?

–Nací ya preparada –respondió ella. Se terminó el batido y se bajó del taburete de un salto.

–Me alegra saberlo.

La voz de Ilya era muy profunda y reverberó a través de ella de un modo que la dejó completamente aturdida. Le daba la sensación de que estaban hablando de cosas diferentes. Llevó su vaso al fregadero y lo enjuagó. Resultaba más fácil fingir que estaba ocupada con algo que reconocer el efecto que su esposo ejercía en ella.

–Es una cocina muy bonita –comentó para tratar de encontrar un tema de conversación más neutral–. ¿La pusiste nueva o estaba así cuando compraste la casa?

–Cuando compré la casa estaba poco más o menos como la ves –respondió él–, con la excepción de los muebles y de la decoración. ¿Por qué no te muestro el resto antes de que nos marchemos?

Yasmin asintió y siguió a Ilya fuera de la cocina hasta llegar a una sala de estar más informal. Una enorme televisión dominaba prácticamente una pared entera.

–¡Vaya! –exclamó ella–. Lo único que necesitas es una nevera al lado del sillón y tendrás a tu alcance el sueño de todos los hombres.

–Admito que, cuando veo las carreras, me gusta sentir que estoy dentro de ellas y que no soy tan solo un espectador.

–Lo comprendo, aunque nada puede superar a la realidad.

–Hablando de eso, ¿me vas a llevar alguna vez en tu Ryan?

–Me han dicho que no te gusta ser pasajero, que prefieres ser el que lleve los mandos.

Yasmin lo entendía perfectamente. Se había pasado años junto a su abuelo, restaurando el Ryan para que pudiera volar y se había esforzado mucho para conseguir hacerlo. Nadie más que ella pilotaba ese avión.

–¿Dónde has oído eso? –le preguntó Ilya.

–Bueno, lo comenta todo el mundo por el aeropuerto. Ya sabes que a la gente le gusta hablar.

–¿Y qué más dicen de mí?

Ilya se había acercado a ella. Yasmin podía sentir el calor que emanaba de su cuerpo. Era como un imán que la atraía irremediablemente. Casi siempre tenía frío, pero con él cerca, dudaba que volviera a sentir la necesidad de abrigarse más.

–Bueno, que eres muy trabajador y un jefe bastante razonable.

–¿Nada más?

–Eh, tú no has querido decirme qué había en el batido, así que no pienso compartir conmigo todos mis secretos. Una chica tiene que reservarse algo, ¿no te parece?

Ilya se echó a reír y Yasmin sintió que le resultaba imposible no esbozar una sonrisa.

–Entonces, soy un piloto muy dominante, buen trabajador y un jefe razonable.

Yasmin sonrió más ampliamente al oír la pena con la que él decía la palabra razonable.

–Yo nunca he dicho dominante, pero si te sientes aludido…

Ilya le agarró por los hombros. Yasmin sintió cómo el calor penetraba en la tela y llegaba hasta su piel. Los latidos del corazón se le aceleraron. ¿Iba a volver a besarla? Una parte de ella esperaba que así fuera, mientras que la otra… La otra parte no estaba preparada para enfrentarse al torbellino de sensaciones que él era capaz de despertar en ella. Era una debilidad que necesitaba aprender a dominar, y rápidamente, si ambos debían permanecer equilibrados en lo que se refería a su matrimonio. Si no era así, Yasmin tenía mucho que perder.

Para muchas personas, el hecho de haber contraído matrimonio a ciegas tan solo para salvar su negocio podía parecer una medida extrema. Incluso para ella era extrema. Sin embargo, para conseguir firmar el contrato Hardacre, tenía que estar casada. Tan sencillo como eso. Resultaba frustrante que, en pleno siglo XXI, su empresa fuera rehén de la atracción de Wallace Hardacre por las mujeres y de los celos de su esposa. Sin embargo, si el hecho de casarse suponía que ella conseguía firmar el contrato en exclusiva de cinco años que aseguraría que su empresa recibía los ingresos suficientes no solo para mantenerse a flote sino incluso para expandirse y crear más puestos de trabajo, estaba dispuesta a hacerlo.

Lo único que había tenido que hacer era encontrar un marido. Y rápido. Sin embargo, nunca había esperado que ese sería Ilya Horvath.

Ilya chascó los dedos y la sacó de su ensoñación.

–Tierra a Yasmin. Siento que te he perdido durante un momento.

Ella forzó una sonrisa.

–Lo siento. Estaba pensando en mi abuelo –mintió.

–No llegué a conocerlo, pero me dijeron que era un mago de la mecánica. No había ni un solo motor de avión que él no fuera capaz de arreglar.

Ella asintió.

–Sí. Era el mejor.

–¿Fue duro crecer a su lado?

–Sí y no. Evidentemente, echaba de menos a mis padres. Ellos pasaban a verme cuando estaban en la zona, y aún lo hacen de vez en cuando, pero mi abuelo me dio estabilidad, algo que no hubiera podido tener con ellos. Y me enseñó el valor de silencio.

–¿Es una indirecta?

–No, por Dios. No. En absoluto. Es que algunas personas parecen sentir la necesidad de llenar los silencios con ruido, en vez de dejar que, simplemente, el silencio los llene a ellos para variar.

Ilya asintió.

–Creo que conozco algunas personas así. Vamos. Deja que te muestre el resto de la casa. Luego, nos marcharemos a las colinas.

Yasmin estaba en forma y era fuerte. Ilya la miró con apreciación cuando los dos llegaron a lo alto de la colina que les proporcionaría la mejor vista de todo el valle.

–Menuda escalada –dijo Yasmin poniéndose las manos en las caderas.

Tenía la respiración prácticamente normal y apenas había sudado a pesar de que la temperatura había empezado a pasar de los veinte grados cuando comenzaron la escalada.

–Las vistas merecen la pena –comentó Ilya mientras se colocaba junto a ella.

No estaba hablando tan solo de las maravillosas vistas del valle de Ojai. La mujer que tenía a su lado representaba la perfección. Relucía de buena salud y vitalidad, diferente a la clase de mujeres que frecuentaban el círculo de Ilya. No podía dejar de pensar que había algo

44

muy familiar en ella, aunque, por supuesto, eso no era de extrañar. Trabajaban en el mismo aeropuerto. A los dos se les había hablado de la rivalidad de sus familias durante años. Se conocían, aunque no fuera personalmente. No obstante, Ilya no podía dejar de pensar que la conocía de otro lugar.

–Tuviste suerte cuando los fuegos del año pasado respetaron tu casa –comentó Yasmin mientras miraba a su alrededor. Las plantas habían empezado a recuperar las colinas que les rodeaban.

–Tuve más suerte que la mayoría.

–Desde aquí arriba, tu finca parece un oasis.

–Ciertamente me lo parece después de un duro día en el trabajo.

Oyó que ella contenía la respiración.

–Acordamos no hablar de trabajo, ¿recuerdas?

–Es verdad. Lo siento.

Ilya apretó la mandíbula. Le había parecido un comentario de lo más natural. Después de todo, llevaba trabajando más de la mitad de su vida adulta. Le iba a resultar más duro de lo que había pensado excluirla de lo que, esencialmente, era el centro de su mundo. Sin embargo, se recordó que, con el tiempo, ella se convertiría en el centro de su mundo… ¿no?

Un sonido de animal se escuchó a sus espaldas.

–¿Has oído eso? –le preguntó Yasmin mientras miraba a su alrededor.

–Sí. Y ahí está de nuevo.

Ilya se acercó cuidadosamente hacia la fuente del sonido. Lo hizo con cautela, por si el animal en cuestión no era muy amistoso. Yasmin, por el contrario, no mostró precaución alguna. Atravesó la maleza antes que él.

–¡Ay, mira! Es un cachorrito. Pobrecito.

Tomó al pobre animal en brazos. Era una bola de pelo multicolor cubierto de suciedad. El cachorro comenzó a gimotear.

—¿Está herido? —le preguntó Ilya.

Aquel perrito parecía haber sido abandonado sin ninguna duda. Llevaba un collar azul, que indicaba que había tenido dueño. Había una carretera que pasaba a poca distancia de allí, podría ser incluso que, a juzgar por las heridas que tenía en las almohadillas de las patas, lo hubieran arrojado de un coche en marcha.

Ilyá vertió un poco del agua de su botella en la palma de su mano y se lo ofreció al cachorrito. El animal la lamió débilmente. Ilya siguió ofreciéndole agua hasta que el cachorrito dejó de beber.

—¿Qué vamos a hacer con él? —preguntó Yasmin mientras acariciaba la sucia cabecita.

—Supongo que llevarlo al veterinario para que miren cómo está y comprueben si lo robaron antes de abandonarlo. Podría haber alguien buscándolo. Si lo robaron, sabremos más.

—¿Y si no?

Yasmin lo miró con tal expresión de anhelo que Ilya deseó poder concederle todo lo que deseara.

—En ese caso, nos quedaremos con él.

—Yo nunca he tenido un perro —admitió mientras le daba un beso en la cabecita al animal. Este la recompensó con un lametón de agradecimiento—, pero siempre he deseado tener uno.

—Primero, llevémosle al veterinario.

Ilya extendió los brazos para recoger al cachorrito. Decidió que se llevarían a casa a aquel pequeñín.

Capítulo Cinco

Cuando Yasmin e Ilya regresaron a casa después del veterinario, estaban cubiertos de la suciedad que cubría el pelo del perrito. Lo habían dejado en la clínica para que lo examinaran a fondo y lo rehidrataran. El animal no tenía microchip y no aparecía en ningún listado de animales perdidos o robados, por lo que no podía ser devuelto a sus propietarios.

Yasmin se había sorprendido gratamente por la reacción de Ilya. Había visto una faceta de él que no sabía que existiera. Todo lo que había escuchado sobre él en el pasado había retratado a una persona fría y calculadora, no a alguien que pudiera sentir compasión por un animal abandonado. Y, ciertamente, tampoco alguien con quien se hubiera visto casada y, mucho menos, felizmente. No quería admitir que podría haberse equivocado porque, normalmente, cuando se decidía por algo, no solía cambiar de opinión. Sin embargo, debía formar sus propias opiniones sobre el hombre con el que se había casado y, hasta aquel momento, Ilya estaba resultando ser una persona muy interesante.

–No sé tú, pero a mí me vendría bien otra ducha –dijo él mientras cerraba la puerta principal–. Sin embargo, antes de eso, vamos a cargar tus datos en la base de datos de seguridad biométrica para que puedas entrar y salir cuando quieras.

Le indicó que se acercara al teclado y apretó unos

cuantos botones antes de pedirle a Yasmin que colocara el dedo en el sensor.

—Ya está. Hecho.

—¿Y si hay un corte de electricidad?

—Hay una batería de apoyo.

—¿Y si eso falla?

—Un generador.

Yasmin frunció los labios.

—¿Siempre piensas en todo?

—Los planes de contingencia son lo mío.

—¿Y hay alguna razón en particular para ello?

—No me gusta que me pillen desprevenido. Me ocurrió una vez y me juré que, en lo sucesivo, siempre estaría preparado.

—Parece que fue algo serio.

—Lo fue.

Yasmin miró a Ilya y vio que su mirada se había enturbiado.

—¿Quieres hablar de ello? –le preguntó.

—En realidad, no, pero te mereces que sea yo el que te lo cuente en vez de que te enteres por boca de otra persona. De hecho, me sorprende que no lo sepas ya.

—¿El qué?

—El día que mi padre murió –suspiró Ilya mientras se frotaba la barba con una mano–. Yo tenía dieciséis años y él me estaba dando una clase de vuelo. Simplemente, se murió. Allí, a mi lado… Dejó caer la cabeza y dejó de respirar. Su corazón había dejado de latir. Así de fácil. Un segundo antes estábamos hablando y, al siguiente, se había ido para siempre. No pude hacer nada para ayudarle. Aunque hubiera sabido cómo prestarle los primeros auxilios, me habría resultado imposible allí en la cabina del avión. Tenía que aterrizar tan rápidamente como pudiera para poder darle una oportunidad. Pedí ayuda por radio y me ayudaron a descender.

–Dios santo… Debió de ser algo aterrador para ti…

–Había realizado anteriormente un par de maniobras de aterrizaje, así que, aunque no fue un aterrizaje estupendo, descendimos sin peligro. Sin embargo, ya era demasiado tarde para mi padre. Me dijeron que había sufrido un ataque al corazón muy fuerte y que no había nada que yo pudiera haber hecho.

El silencio cayó entre ambos. Ilya sacudió la cabeza.

–De todos modos, de eso hace casi veinte años. Ya forma parte del pasado y es parte de la razón por la que, en la actualidad, me gusta estar preparado para cualquier eventualidad

–Siento mucho lo de tu padre, Ilya.

Él la miró. Sus intensos ojos azules la atravesaban como si pudiera atravesar todas las barreras de Yasmin para poder ver la genuina compasión que ella sentía por su pérdida.

–Gracias –dijo él dedicándole una agridulce sonrisa–. ¿Sabes una cosa? La mayoría de las personas, cuando se enteran de lo que ocurrió, se centran en lo de volar y en el hecho de que yo consiguiera hacer descender el avión. Muy pocos se acuerdan de que, aquel día, perdí a mi padre.

Yasmin trató de ignorar el vuelco del corazón.

–Bueno, no creo que nadie me pueda acusar nunca de ser como la mayoría de la gente.

–No eres en absoluto lo que había esperado.

–Pues entonces, ya somos dos –respondió ella tan despreocupadamente como pudo. Antes de que Ilya pudiera responder, comenzó a subir las escaleras–. Voy a darme esa ducha que tú sugeriste.

Sintió la mirada de Ilya en la espalda, como si, en cierto modo, la estuviera evaluando. Le hizo preguntarse qué era exactamente lo que había esperado de ella cuando se dio cuenta de que Yasmin iba a ser su futura esposa.

Ya en su habitación, preparó ropa limpia y se dirigió al cuarto de baño. El ama de llaves ya le había cambiado las toallas. Yasmin decidió que la mujer debía de ser un fantasma, porque aún no la había visto por ninguna parte, pero se notaba dónde había estado. Colocó sus cosas sobre el lavado y abrió el grifo de la ducha. Su anillo de bodas reflejó la luz y los diamantes relucieron.

Como no estaba acostumbrada a llevar joyas, Yasmin se sorprendió de lo rápidamente que se había acostumbrado al anillo. No era una pieza que ella hubiera elegido, pero no se mostraba contraria a ponérsela. El diseño era muy discreto y los diamantes que coronaba la alianza de platino le resultaban bastante atractivos.

Se desnudó rápidamente y se metió en la ducha para lavarse el sudor de la mañana y la suciedad del cachorrillo. Se preguntó cómo estaría. El pobre había estado muy débil, pero la veterinaria, que era otra de los primos de Ilya, les había tranquilizado y les había dicho que esperaba que estuviera plenamente recuperado en unos pocos días.

Yasmin se enjabonó y se frotó el cuerpo recordando lo delicadamente que Ilya había llevado al perrito en brazos hasta la casa. Sus manos la fascinaban. Eran anchas, pero con largos dedos llenos de fuerza y capacidad. ¿Qué sentiría si él la tocaba íntimamente?

El pulso se le aceleró y el vientre se le tensó de deseo. Solo el tiempo podría decirlo, si duraban tanto. Puso el agua más fría y se enjuagó rápidamente para luego secarse y vestirse de nuevo. Podría ser que fueran incompatibles, aunque, a juzgar por lo visto aquella mañana, parecían llevarse bastante bien.

Sin embargo, era consciente de que un matrimonio no podía basarse en una sola mañana. Agarró su teléfono móvil, que había dejado sobre la mesilla de noche, y comprobó su correo. Básicamente, los últimos mensajes eran de felicitación por parte de sus colegas de Carter Air. Sin embargo, había uno que no conocía. Desconocido.

Dudó antes de abrirlo. Tal vez era mejor mandarlo directamente a la carpeta de correo no deseado. Sin embargo, la curiosidad ganó la batalla y lo abrió.

No tenías ningún derecho a casarte con él.

Yasmin sintió que se le hacía un nudo en la garganta. Su instinto la impulsaba a borrarlo y, tras hacerlo, fue a la papelera para ver quién se lo había enviado. La dirección del remitente estaba vinculada a un proveedor de correo electrónico muy utilizado, pero no había nada en el apodo utilizado, *Suchica,* que le sonara. Decidió borrarlo definitivamente. Seguramente era tan solo algún idiota que no tenía nada mejor que hacer. Entonces, regresó a la planta de abajo dispuesta a olvidarse de lo sucedido.

Encontró a Ilya junto a la piscina. Parras cargadas de uvas crecían enredándose en las vigas que proporcionaban sombra a la zona. Al verla, él se levantó de la silla donde estaba sentado.

—Acabo de llamar a Danni. Me ha dicho que le ha puesto suero con dextrosa al cachorrito y que está empezando a estar más animado.

—¡Qué buena noticia! Gracias por haber preguntado por él.

–De nada. Pensé que querrías tener noticias. Danni me ha dicho que me llamará esta tarde para informarme. Cree que mañana ya podrá comer un poquito.

–¿Y entonces podremos traerlo a casa?

–Eso tendrá que decirlo ella.

–Por supuesto –afirmó Yasmin–. Está recibiendo el mejor de los cuidados, tal y como debería ser.

–Me sorprende que nunca tuvieras una mascota de niña. Parece que estás muy implicada con esta.

–A mi abuelo no le gustaban los animales. Siempre decía que eran otra boca que alimentar.

Ilya la miró sorprendido. ¿Así era como el viejo Carter había considerado también a su nieta? Cuando sus padres la dejaron con él, ¿se había convertido Yasmin en otra boca para alimentar o de la había querido de verdad?

–Hablando de comida, Hannah nos ha preparado algo de almorzar.

–¿Hannah? ¿Es ese el nombre de tu ama de llaves?

–Sí, le pareció que era mejor no dejarse ver mucho durante la luna de miel.

–No tenía que hacer eso por mí.

Ilya se echó a reír.

–¿Ya estás harta de mí?

–No era eso lo que quería decir –protestó Yasmin.

–Solo estaba bromeando. Vas a tener que acostumbrarte a eso.

–No estoy acostumbrada a las bromas, punto. De todos modos, te reitero que no tiene que ir escondiéndose por ahí para evitarnos.

–Cuando la conozcas, verás que Hannah no se esconde nunca –comentó riendo–. Solo ha pensado que nos vendría bien tener tiempo para conocernos. Vendrá de vez en cuanto, nos llenará la nevera y limpiará un poco.

–Yo puedo ocuparme de limpiar. No espero que se me sirva en todo.

–¿Ni siquiera tu esposo?

Para su sorpresa, Yasmin se sonrojó.

–Nadie.

–Es una pena, pero vas a tener que acostumbrarte a ello porque hoy voy a ser yo tu camarero. Siéntate mientras voy a por el almuerzo.

–Puedo ayudar.

Ilya rodeó la silla y le colocó las manos en los hombros. Entonces, la guio hasta una de las sillas que miraban hacia la piscina y, muy delicadamente, la obligó a que se sentara.

–Ya me ocupo yo. Relájate.

Yasmin ahogó una carcajada. Contenía una cierta nota de amargura.

–No estoy acostumbrada a relajarme. Estoy acostumbrada solo a trabajar.

–Todo el mundo necesita un respiro –dijo él alegremente.

No iba a señalar que había sido ella la que sacara a colación el tema del trabajo en aquella ocasión. No le gustaba que tuvieran que andar con tanta cautela con aquel tema. Cuanto más lo pensaba, más alocado le parecía. No obstante, eran rivales en los negocios, lo que iba a hacer que aquel fuera un matrimonio muy interesante.

Sacó el salmón del horno y lo dividió en dos trozos iguales antes de emplatarlo. Colocó los platos en una bandeja y añadió un bol de ensalada junto con un poco

de salsa de alcaparras para el salmón antes de llevarlo
todo fuera.

–Tiene muy buena pinta –comentó Yasmin con mucho interés mientras él se acercaba.

–Confía en lo que te digo. Hannah es una excelente cocinera. Sin ella, hoy no sería ni la mitad de lo que soy –respondió con una sonrisa–. ¿Qué te parece si tú sirves la ensalada y yo voy a por las bebidas?

Ilya regresó a la cocina y agarró la cubitera, dos copas y un vino Riesling alemán particularmente bueno que había estado reservando para una ocasión especial. Entonces, regresó junto a Yasmin y sirvió dos copas. Le entregó una a ella y luego levantó la suya a modo de brindis.

–Por nosotros –dijo sencillamente.

Yasmin dudó un momento. No miraba a los ojos a Ilya, pero, entones, pareció tomar una decisión y golpeó la copa suavemente contra la de él.

–Sí, por nosotros.

Por alguna razón, la respuesta de Yasmin hizo que él se relajara. Ni siquiera se había dado cuenta de que había estado en tensión hasta que hubo esperado esos segundos extra. Tomó un sorbo del vino. No debería importarle tanto, pero quería implicarse plenamente en aquel matrimonio. Le había dicho a su abuela que estaba listo para comprometerse con una persona durante el resto de su vida y, según Alice, le había encontrado a la mujer perfecta. Ilya era la clase de hombre que, cuando se comprometía, se entregaba plenamente. ¿Estaba Yasmin lista para eso, lista para él? Tal vez si él supiera las razones que ella tenía para casarse, podría asegurarse de que estaban en la misma onda. Sin embargo, hasta que lo supiera, sería mejor que se reservara un poco.

Le habían hecho daño. Había creído que su antigua prometida lo amaba de la misma manera que él la amaba a ella. Que quería las mismas cosas. Sin embargo, al final, había resultado que ella una mujer falsa y cruel. Ilya no quería volver a cometer el mismo error. Le había vuelto muy cauteloso en las relaciones con las mujeres y le costaba confiar en la gente fuera del estrecho círculo de su familia

¿Podría llegar a confiar en Yasmin?

Capítulo Seis

Yasmin siguió nadando contra los chorros a presión de la piscina. Los brazos y los hombros le estaban empezando a doler, pero tenía que librarse de la frustración y la tensión que se habían convertido en sus compañeros desde hacía algunos días.

Había recibido otro correo electrónico después del que había recibido al día siguiente de llegar a la casa de Ilya. Había sentido la tentación de borrarlo sin leer, pero lo abrió. El mensaje era muy breve y concreto.

¡Déjalo!

A Yasmin le daba la sensación de que quedaba implícito un si no... Se preguntó quién diablos podría ser Suchica. Evidentemente, alguien que pensaba que tenía algún derecho sobre Ilya. Pues esa persona tendría que fastidiarse.

Aquel pensamiento le hizo darse cuenta de que se sentía extrañamente dueña del que era su esposo tan solo desde hacía unos días.

El día anterior, habían ido a visitar al cachorrito al veterinario. Estaba progresando muchísimo. Estaba empezando a tomar comida sólida, pero Danni había decidido que era mejor esperar uno o dos días para estar seguros al cien por cien antes de darle el alta. En un principio, Ilya y Yasmin le proporcionarían un hogar de acogida y luego, si nadie lo reclamaba, podrían convertirse en sus dueños definitivos.

Ver a Ilya con el cachorrito le llegó a Yasmin al corazón. Aquel hombretón con una reputación tan poderosa en el mundo de la aviación perdía completamente los papeles con el cachorrito. Parecía que tenía un rostro diferente para cada situación, lo que le hizo preguntarse por el rostro que le ponía a ella.

Se había mostrado solícito, pero desde la noche de su boda, no había hecho intención de tocarla ni de besarla. Francamente, eso la estaba volviendo loca. Por las noches, soñaba y se veía con él, abrazada, con las extremidades entrelazadas y los labios fundidos por la pasión y, cada mañana, se despertaba con sus necesidades insatisfechas y presa de la frustración y la necesidad.

Había tenido relaciones sexuales antes y, en ocasiones, las había disfrutado. Sin embargo, nunca lo había echado de menos cuando no tenía una relación, en parte porque se entregaba plenamente a su trabajo. Ciertamente, nunca antes había sufrido aquel nivel de tormento ni se había imaginado acariciando ni lamiendo los músculos de ningún hombre. Ni admirando la forma del trasero cuando él se inclinaba para sacar algo del horno.

Por eso se había entregado a la natación. Entre aquel maldito correo y sus insatisfechas necesidades sexuales, tenía que desfogarse de alguna manera. No quería pasarse todo el tiempo pensando en su esposo, en sus besos ni en la forma de su cuerpo. Bueno, tal vez lo hacía de todas formas, pero eso no iba a ayudarla en modo alguno.

Cuando el dolor fue ya insoportable, realizó un viraje y nadó más suavemente al otro lado de la piscina. Entonces, se levantó ágilmente hacia el bordillo y se sentó.

–Estaba empezando a pensar que te habían salido aletas y agallas –le dijo Ilya a sus espaldas.

Ella levantó la cabeza y lo miró. La boca se le secó

inmediatamente. Llevaba un bañador que dejaba al descubierto las largas y fuertes piernas. Por encima de la cinturilla, tan solo se veía piel y fuertes músculos.

–Tengo que ejercitarme de alguna manera –musitó ella mientras aceptaba la toalla que él le ofrecía y desviaba la mirada para secarse.

–¿Nuestros paseos diarios no te bastan? Tal vez necesito marcar un paso más exigente –bromeó.

Ilya se sentó al lado de Yasmin junto a la piscina y metió las piernas en el agua. Ella tenía la piel tan fría por haber estado tanto tiempo en el agua que sentía el calor que irradiaba de él. ¿Cómo podía estar tan caliente? Era como si su termostato interno estuviera siempre al máximo.

El bañador de Yasmin se le ceñía al cuerpo como una segunda piel y ella sintió cómo los pezones se le erguían contra la mojada tela.

–Están bien. Me gustan los paseos.

–A mí también me gustan. Eres buena compañía.

–Menos mal, ¿no? La vida sería muy difícil si no nos lleváramos bien.

Ilya se reclinó hacia atrás sobre los brazos y levantó el rostro al sol. Con los rayos que le caían sobre el cuerpo, parecía un guerrero dorado de tiempos antiguos. Yasmin sintió el ya familiar tirón del deseo en lo más íntimo de su ser.

–Llevo unos días queriéndote preguntar una cosa –dijo él de repente. Entonces, se incorporó para mirarla a los ojos.

Yasmin se tensó.

–¿De qué se trata?

–¿Por qué te registraste en Matrimonios a Medida? Después de todo, eres una mujer guapa, con su propio negocio. No he visto en ti nada que pudiera resultar raro o costumbres que pudieran ahuyentar a nadie. Además, fuiste una empollona en el colegio.

–Yo nunca te he dicho eso –comentó ella riendo.

–No, pero esta mañana, mientras estábamos paseando, me dijiste que habías ganado el premio de ciencias y la exposición de matemáticas y…

–Está bien, era una empollona.

–Y se te da muy bien evitar las preguntas directas.

Yasmin estaba a punto de protestar cuando se dio cuenta de que, efectivamente, eso era lo que había hecho.

–Debería apagar los chorros de la piscina.

–Lo has vuelto a hacer. No pasa nada. Pueden permanecer encendidos por el momento.

–De acuerdo. Como respuesta a tu primera pregunta, me registré en Matrimonios a Medida porque no confiaba en poder encontrar al hombre adecuado para mí.

Eso, al menos, era parcialmente cierto. Su experiencia con los hombres no era la mejor que se podía tener. No ayudaba el hecho de que jamás se hubiera parado a pensar en lo que quería de una relación. Eso, combinado con el poco deseo que tenía de permitir que la gente se acercara a ella para que compartieran su vida, solía ahuyentar a los posibles novios llenos de frustración. A la gente no le gustaba que la apartaran constantemente. Había pensado que Matrimonios a Medida sería una opción segura, en especial por la cláusula de cancelar la relación si los dos resultaban incompatibles. Por supuesto, si hubiera sabido que Alice Horvath era la persona que realizaba los emparejamientos, probablemente no se habría registrado.

–¿Y tú? –le preguntó.

–Supongo que mis razones fueron muy similares. Confiaba en que Nagy me encontrara la mujer adecuada.

–Os he oído llamarla así. ¿Qué es? ¿Ruso?

–No. Húngaro. Mi bisabuelo era científico y conferenciante. Antes del estallido de la Segunda Guerra Mundial, comenzó a tener miedo por lo que estaba ocurriendo en Europa. Decidió emigrar de Hungría y marcharse con su familia a los Estados Unidos. Aunque mi abuela se crio principalmente aquí en California, se sigue aferrando mucho a sus antiguas costumbres, supongo que más cuanto más mayor es.

Ilya quedó en silencio durante un instante y luego volvió a tomar la palabra.

–¿Crees que Nagy ha acertado emparejándonos a nosotros?

–Aún es pronto, pero por lo menos aún no somos un rotundo fracaso.

–No. ¿Y por qué ahora? ¿Qué te hizo decidir que había llegado el momento en el que querías casarte?

Ilya parecía un perro con un hueso, no parecía dispuesto a soltar el tema. Yasmin trató de encontrar una respuesta adecuada. No pensaba decirle que se tenía que casar a causa del contrato Hardacre. ¿Habría pujado Horvath Aviation por el mismo contrato? ¿Cómo se sentiría Ilya si ella se lo arrebatara delante de sus narices, en especial si se enteraba de que él se lo había puesto en bandeja al casarse con ella? «Aún no has conseguido ese contrato», se recordó.

Como respuesta, se encogió de hombros.

–¿Qué puedo decir? Tengo treinta y dos años. Sé que sigo siendo joven, pero, como la mayoría de la gente, quiero tener una familia y estabilidad. Me pareció el momento idóneo.

Se detuvo antes de decir demasiado. La estabilidad que pudiera tener en aquellos momentos dependía del contrato Hardacre, pero no podía dejar que Ilya se enterara de aquella información. Exhaló antes de continuar, sabiendo que tendría que rebuscar profundamente en una parte de ella que mantenía bien oculta, incluso de sí misma, si quería satisfacer la curiosidad de Ilya.

–No tuve una infancia tradicional. Sabía que tenía alguien que me quería, aunque a mi abuelo no se le diera muy bien demostrarlo. Tengo que admitir que sentía envidia de mis compañeros del colegio, a los que sus padres iban a ver en los días de deporte o que ayudaban en clase. Algunos se quejaban por ello, decían que sus padres estaban siempre presentes. No tenían ni idea de la suerte que tenían. Les parecía lo normal, ¿sabes?

–Y el hecho de que te criara tu abuelo te hacía diferente entre tus compañeros, ¿verdad? Eso y el hecho de que eras una empollona –añadió él con una sonrisa–. Lo entiendo. Jamás había pensado así las cosas. Es decir, mis padres no iban a todo, pero sí que aparecían cuando a mí que importaba lo suficiente como para pedírselo. Al menos, hasta que mi padre murió.

Yasmin dobló las rodillas para llevárselas al pecho y se agarró las piernas con los brazos.

–Mi abuelo siempre fue algo parco a la hora de mostrarme su aprobación, pero eso no me impedía a mí esforzarme mucho para ganármela. En cierto modo, eso fue una lección de vida. No siempre se puede esperar alegría y felicidad. Hay que aprender a enfrentarse a la desilusión, levantarse y seguir luchando.

***

Ilya escuchaba a Yasmin y sentía una profunda compasión por la niña que fue. Sabía que Jim Carter había sido un viejo canalla y gruñón, pero que no animara a una niña pequeña que trataba de encontrar su lugar en la vida... Eso había sido cruel. Cuando Ilya tuviera sus propios hijos, jamás permitiría que dudara de que les apoyaba en todo lo que eligieran hacer. Su sueño era que siguieran con Horvath Aviation, tal y como él había tomado el relevo de su padre y este de su abuelo, pero no les obligaría a hacerlo. Nunca.

–¿Y tú, Ilya? ¿Qué te llevó a ti a utilizar los servicios de tu abuela? Yo podría decir de ti lo mismo que tú de mí. No eres feo ni nada mucho menos.

Él notó que Yasmin estaba tratando de cambiar de tema. Resultaba evidente que el tema de conversación le resultaba incómodo. Si quería ganarse su confianza, iba a tener que abrirse con ella y darle también un poco de sí mismo. Tragó saliva. Abrirse a alguien que, aunque fuera su esposa, era básicamente una desconocida, no resultaba nada fácil. Ser un Horvath le había enseñado a andarse con cautela con la gente, en especial con los que pensaban que era el pasaporte a una vida mejor por la riqueza de su familia. La única ocasión que había bajado la guardia... No. No quería desperdiciar aquel hermoso día pensando en errores pasados.

–Gracias por el cumplido –respondió él–. Supongo que mis razones son las mismas que las tuyas. Tengo treinta y cinco años. No soy demasiado mayor, pero ya estoy preparado para la próxima etapa de mi vida. Estoy listo para vivir en pareja y para todo lo demás, incluso para tener niños. La familia es realmente importante para mí. En realidad, lo es todo, si te soy sincero. Solo quiero tener la oportunidad de hacerlo bien a la primera y la gente puede ser muy falsa... En ocasiones, resulta difícil saber quién es sincero y quién no.

El rostro de Yasmin presentaba un gesto serio. Parecía estar a punto de decir algo, pero se vio distraída por una notificación de su teléfono móvil, que había dejado en una silla cercana.

–¿Me perdonas? Estaba esperando este mensaje.

–Claro.

Ilya se deslizó sobre el borde de la piscina y cayó al agua. Resultaba algo frustrante haberle revelado una parte de su alama para verse luego interrumpido por un mensaje. Sin embargo, se recordó que su relación aún estaba empezando.

Se hundió en el agua y dejó que la sedosa suavidad le cubriera por completo y acariciara todo su cuerpo antes de volver a salir a la superficie. Se echó el cabello hacia atrás y miró a Yasmin, que se había puesto de pie junto a la silla. No. El agua no estaba lo suficientemente fría. Pies desnudos, largas piernas... Aunque el traje de baño que llevaba era bastante modesto, se distinguían fácilmente los esbeltos músculos de su cuerpo. Era evidente que se cuidaba. No se podía negar.

Recorrió con la mirada la suave línea de las caderas, la estrecha cintura y luego más arriba, donde el traje de baño contenía los senos. La boca se le secó y volvió a meterse en el agua. Se sentía enojado consigo mismo por haberla estado mirando como si fuera un adolescente cachondo. Cuando volvió a salir a la superficie, se dio cuenta de que ella estaba aún en la misma postura, pero algo no iba bien. Yasmin estaba mirando la pantalla del teléfono con una expresión horrorizada en el rostro.

–¿Va todo bien? –le preguntó él mientras salía rápidamente de la piscina y se acercaba a ella.

Yasmin colocó el teléfono con la pantalla hacia abajo sobre la mesa y lo miró, tratando de recomponerse rápidamente.

—¿Y por qué no iba a ir bien?

Ilya notó que él no respondía a su pregunta.

—Parecías disgustada. ¿Hay algo que yo pueda hacer?

—¿Que puedas hacer? —repitió mientras negaba con la cabeza—. No. No es nada. De verdad.

—Pues a mí no me lo pareció. Si quieres hablar…

—De verdad. No ocurre nada —insistió ella—. Sigue nadando. Creo que voy a ir a cambiarme.

Ilya observó cómo ella recogía el teléfono y se marchaba. Evidentemente, había habido algo en el teléfono que le había preocupado. Lo sabía con la misma certeza que conocía perfectamente la máxima cantidad de combustible que podía ponerle a cada avión de su flota. Al igual que conocía al dedillo su negocio, deseaba también conocer así a Yasmin.

Decidió que, tarde o temprano, encontraría el modo de derribar las barreras que ella había erigido a su alrededor. No le resultaría fácil, pero algo le decía que, si perseveraba, merecería la pena. Sin embargo, lo primero que tenía que hacer era ganarse su confianza y eso podría ser lo más difícil de todo.

Capítulo Siete

A Yasmin le faltó el tiempo para marcharse a su dormitorio. En el momento en el que estuvo arriba, cerró la puerta con llave y abrió el correo electrónico. Allí estaba. No había nada escrito. Tan solo una fotografía.

Un escalofrío le recorrió el cuerpo de la cabeza a los pies. Había creído que aquella horrible noche había quedado olvidada para siempre. Había estado sometida a una presión extrema. Su desesperación por que la incluyeran en la hermandad compuesta por todas las chicas más admiradas había sido el catalizador que la había conducido a su mayor vergüenza.

¿Qué razones había para que alguien guardara algo así y por qué lo sacaba en aquellos momentos? Yasmin había cambiado de universidad. Se había marchado al oeste y había cortado todos los vínculos. De hecho, solo pensar que se podía encontrar cara a cara con alguien que hubiera estado allí aquella noche, animándola a beber otro chupito cada vez que se equivocaba en una pregunta de aquel estúpido concurso al que la habían sometido a ella y a las otras novatas, le resultaba insoportable.

Sintió un regusto amargo en la boca al mirar la foto. Parecía otra universitaria cualquiera divirtiéndose, pero, aunque ya había empezado a notar los efectos de los chupitos de vodka, se había sentido muy incómoda posando con el juguete sexual que alguien le había colocado junto a la cara. Sin embargo, su deseo por ganar a cualquier precio le había hecho superar al resto de las novatas y someterse a todos los desafíos que le proponían. Había ido haciendo uno detrás de otro, pero, cuando le hicieron meterse en el lago y nadar hasta el pontón a ciegas, estaba muy borracha. El alcohol que tenía en la sangre, la fría temperatura del agua y la desorientación que tenía, la habían llevado a perder la conciencia antes de poder completar el desafío.

No sabía quién la había sacado del agua ni quien había llamado a la ambulancia que la llevó al hospital donde le hicieron un lavado de estómago, la rehidrataron y la trataron de hipotermia. Sin embargo, sí recordaba la carta que había recibido de la hermandad, la carta que le decía, que, tras considerarlo, habían decidido que ella no tenía la calidad que, como hermandad, esperaban en todos sus aspirantes.

Había resultado muy duro regresar a clase y enfrentarse a las miradas de compasión de algunos de sus compañeros. Lo peor fueron las carcajadas de los otros. Aquellas personas la habían visto en su peor momento, cuando estaba más desesperada y más vulnerable. Entonces, comprendió que no podía seguir estudiando allí. Al final del semestre, regresó a California y completó sus estudios más cerca de su hogar. Su abuelo nunca le había preguntado por qué. Simplemente, se había alegrado mucho de volver a tenerla cerca. Su salud había empezado a quebrantarse y su negativa a seguir las órdenes del médico y a realizar cambios en su estilo de vida, agravaron las condiciones existentes. Por ello, en cuanto se graduó, se marchó a trabajar con él a tiempo completo.

Habían creído sinceramente que lo que había ocurrido en el este había quedado completamente olvidado, pero parecía que no era así. El pasado había regresado para atormentarla de nuevo.

Resultaba evidente que había sido su matrimonio con Ilya el detonante de todo aquello, pero, ¿quién estaba detrás de la identidad de Suchica. ¿Qué esperaban ganar? Peor aún, ¿qué ocurriría si aquella foto y, potencialmente otras, porque sabía que había habido muchas personas haciendo fotos aquella noche, se mostraban en público? Por ejemplo, a su marido, a sus empleados... o a los Hardacre. Perdería todo el respeto que tanto le había costado ganarse.

Hasta aquel momento, no había respondido a ninguno de los correos que le habían enviado. No había querido establecer relación alguna con quien hubiera hecho aquello. No se podía permitir que nada estropeara sus planes. Estuvo a punto de apretar el icono para responder, pero, al final, dejó caer el teléfono sobre la cama. Si no respondía, tal vez terminarían cansándose y la dejarían en paz, pero, ¿y si no era así? ¿Tendría que denunciarlo a la policía? En realidad, no había amenaza alguna en las palabras. Tal vez la policía no podía hacer absolutamente nada. Además, no había querido denunciarlo hacía años.

Sí. Estaba haciendo lo correcto. Se metió en el cuarto de baño para cambiarse de ropa. Decidió que, en aquellos momentos, seguir ignorando aquellos correos era la mejor opción. Después de darse una ducha, dejó el teléfono donde lo había dejado y regresó a la piscina.

Ilya estaba tumbado en una hamaca junto al agua. Su cuerpo era fuerte, bronceado y muy saludable, aunque, para su gusto, tenía demasiada carne al descubierto como para que ella pudiera estar tranquila. Durante un instante, Yasmin se preguntó lo que habría sido empezar

67

una relación con él fuera de la claustrofóbica atmósfera de su matrimonio. ¿Habrían encontrado compatibilidad el uno con el otro si se hubieran conocido como una pareja normal y corriente? No lo creía. Tal vez solo de la manera más formal. Compitiendo el uno con el otro en su negocio, lo tenía todo en común, aunque, al mismo tiempo, eran polos opuestos.

En aquellos momentos, estaban casados y así era como iban a permanecer, al menos hasta que ella firmara su contrato y salvara a Carter Aire de la desaparición. Sintió un profundo dolor en el pecho al pensar en que podría perder su empresa, pero, al mismo tiempo, odiaba haber llegado a aquella situación y haber tenido que firmar un contrato matrimonial con alguien que parecía estar considerando aquel casamiento como algo para toda la vida. Si era sincera consigo misma, eso era también lo que ella había tenido en mente. No había estado mintiendo del todo cuando Ilya la había presionado para que le contara las razones por las que había utilizado Matrimonios a Medida, aunque tampoco le había contado toda la verdad. No le gustaba haber mentido a propósito, pero, en ocasiones, no había otra posibilidad.

¿Y si su esposo no hubiera sido Ilya?

Tragó saliva al pensar que, en aquellos momentos, podría haber estado de luna de miel con otro hombre. No podía engañarse. Dudaba mucho de que otro hombre la atrajera del mismo modo que Ilya. Él era todo lo que Yasmin hubiera buscado en un esposo… a excepción de que era su rival. Si sus familias no hubieran estado enfrentadas, si la abuela de él no le hubiera roto el corazón al abuelo de Yasmin y no se hubiera casado con una mujer a la que no amaba lo suficiente y a la que, por desgracia, también había roto el corazón…

Sin embargo, estaba casada con Ilya. Con el guapo hombre que estaba allí, frente a sus ojos. Él se quitó las gafas y la observó con los sensuales ojos azules de un modo que hizo que ella se sintiera como si estuviera completamente desnuda. Entonces, sonrió.

–Me estaba empezando a preguntar si habrías decidido echarte la siesta.

–Las siestas son para los ancianos –replicó Yasmin.

Se sentó en la hamaca que había junto a la de él. El sol de la tarde le caldeaba la ropa y los brazos y las piernas, que llevaba desnudos.

–No estaría tan seguro. A veces son necesarias, como cuando has gastado mucha energía y tienes que reponerla.

¿Mucha energía? Sin saber por qué, a Yasmin no le pareció que estuviera hablando de ir a dar paseos por las colinas.

–Voy a por un vaso de zumo –anunció ella volviéndose a poner de pie–. ¿Quieres algo?

–Tal vez una cerveza…

–Volveré enseguida.

Yasmin se marchó a la cocina sin mirarlo. Sin embargo, no podía borrar la imagen de aquel cuerpo medio desnudo. Vestido, Ilya Horvath era ya algo a tener en cuenta, pero medio desnudo… La mano empezó a temblarle, por lo que derramó un poco de zumo sobre la encimera. Protestó en voz baja y tomó una bayeta para limpiarlo. Ni siquiera hacía falta que estuvieran en la misma estancia para que ella no pudiera controlar los nervios. Tenía que hacer algo. Tal vez necesitaba liberarse del hormigueo que sentía constantemente en la piel. Tal vez debía aceptar la oferta de que compartieran dormitorio cuando ella estuviera preparada.

69

¿Lo estaba? ¿Podía dar ese paso? Aunque sin duda serviría para aplacar el deseo constante que sentía hacia él, ¿proporcionaría alivio o haría más daño que otra cosa?

«Solo hay una manera de descubrirlo», le dijo una vez más la enojosa vocecilla.

Decidió ignorarla y recogió las bebidas para sacarlas al patio. Colocó la cerveza de Ilya en la pequeña mesita que había junto a la hamaca de él poniendo mucho cuidado en no tocarle accidentalmente. En aquellos momentos, se sentía tan tensa que le preocupaba la reacción que pudiera tener ante un pequeño roce.

–Gracias –dijo él antes de tomar el vaso y darle un largo trago–. Estupendo… No hay nada como una cerveza fría cuando hace calor y no se tiene nada más que hacer.

Yasmin tomó un sorbo del zumo y agradeció la dulce frescura, pero, al mismo tiempo, se preguntó si no debería haber añadido algo de alcohol solo para tranquilizarse. Desgraciadamente, eso le hizo pensar de nuevo en la fotografía que acababa de recibir. Hacía años desde la última vez que había tomado alcohol y, además, siempre había bebido moderadamente. Pero Ilya le había hecho pensar en volver a beber.

Él no podía ser bueno para ella. Llevaban una semana casados y ella ya no podía sacárselo de la cabeza. Regresar al trabajo sería un bálsamo para ella, pero eso no ocurriría hasta otra semana después. En un principio, le había parecido que la luna de miel de dos semanas era buena idea, una oportunidad para pasar más tiempo con su esposo y llegar a conocerlo mejor.

«¿Conocerlo en el sentido bíblico?». Dio otro largo sorbo de su zumo. Aquello estaba empezando a ser ridículo. Tal vez debería acostarse con Ilya y terminar de una vez por todas.

–Un centavo por tus pensamientos.

–Ni siquiera valen eso –comentó ella sonrojándose.

–O es que no me los quieres contar –replicó el–. Estaba pensando que podríamos salir a cenar esta noche. Tal vez a un restaurante de tapas que hay en la ciudad.

¿Un restaurante? Eso estaría bien. Asintió enseguida. Al menos, allí estarían rodeados de personas y tal vez, solo tal vez, ella dejaría de pensar en lo sexy que era su esposo y en lo que ella iba a hacer al respecto.

–Me parece estupendo. ¿Quieres que haga la reserva? A mí no me importa conducir hasta allí.

–Pensé que tal vez podríamos pedir un coche. Así, podríamos beber los dos.

Para que todas las inhibiciones de Yasmin salieran volando por la ventana. Sin embargo, podría ser que hubiera llegado el momento de que se relajara un poco. Durante mucho tiempo había llevado una existencia muy disciplinada y estructurada. Se levantaba, trabajaba duro, se marchaba a la cama y vuelta a empezar. Su vida adulta había sido una repetición continua de las mismas cosas. ¿Por qué no podía desmelenarse un poco y vivir? En especial con el hombre con el que estaba casada.

–Está bien –dijo antes de que pudiera cambiar de opinión–. Suena bien.

¿Bien? ¿En qué estaba pensando? No estaba segura de que estuviera lista para manejar una situación como aquella, pero decidió que no lo sabría hasta que no lo intentara.

Era tarde e Ilya no podía dormir. La cena había sido increíble. El restaurante de tapas era siempre una buena opción, pero, no sabía por qué, el hecho de convertir las raciones con Yasmin le había dado un apetito nunca y había enriquecido los sabores más que nunca.

Nunca antes había conocido a nadie como ella. Era una mezcla increíble y perfecta de belleza e inteligencia. Desde siempre, había estado viviendo muy cerca de él. Si no hubiera sido por la enemistad entre las familias, ¿habrían sido diferentes las cosas? ¿Habrían terminado igualmente juntos, aunque en diferentes circunstancias y habrían salido como una pareja normal para hacer cosas normales?

Cosas como hacer el amor bajo la luz de la luna hasta que los dos cayeran dormidos, presas de un saciado agotamiento.

Se rebulló con incomodidad en la cama. Estar con Yasmin le estaba resultando muy incómodo, pero no estar a su lado lo era incluso más. Ilya se tumbó de otro lado y esperó relajarse, pero no pudo conseguirlo. Una vez más, se iba a quedar dormido con una erección insatisfecha.

Se preguntó qué habría hecho ella si le hubiera acariciado la fina piel de los bronceados brazos tal y como había querido hacerlo durante la cena o, si, cuando el coche los llevó a casa, la hubiera tomado entre sus brazos y le hubiera plantado un beso en el cuello. ¿Se habría echado ella a temblar de placer? ¿Se habría girado hacia él y le habría devuelto el beso con una irrefrenable pasión?

Suspiró lleno de frustración. Resultaba completamente irrelevante dónde lo llevaran sus pensamientos. Hasta que Yasmin estuviera dispuesta a acudir a él, no pasaría nada entre ellos porque él no iba a presionarla. Cada mañana seguía notando en ella fragilidad e inseguridad. Ilya no sabía por qué, pero no pensaba empeorarla. Podía ser paciente, aunque ello le costara la vida.

Un ruido le hizo tensarse. Abrió los ojos y detectó la esbelta silueta de su esposa. Acababa de entrar en la habitación. Ilya se dio la enhorabuena por haber dormido con las cortinas abiertas porque los tenues rayos de luna creaban la iluminación perfecta para lo que se estaba produciendo en aquellos momentos.

Yasmin se detuvo al llegar al borde de la cama. Durante un momento, Ilya pensó que iba a darse la vuelta para marcharse igual de silenciosamente que había entrado. Si Ilya no hubiera estado mirando hacia la puerta, no la habría visto, pero estaba tan cerca… Contuvo el aliento y pensó qué era lo que ella iba a hacer a continuación.

No tuvo que esperar mucho tiempo. Resultaba evidente que Yasmin había tomado su decisión. Agarró la sábana y se deslizó junto a él. El cuerpo de Ilya se puso en estado de alerta. Todos sus instintos lo animaban a tomarla entre sus brazos y a hacer realidad las fantasías que llevaban turbándolo desde la primera noche. Sin embargo, él era muy fuerte. Yasmin podía haber acudido a él por muchas razones y podría ser que ninguna de ellas tuviera nada que ver con la desesperación que se había apoderado de Ilya en aquellos momentos

¿Cómo reaccionaba un caballero en una situación como aquella? ¿Qué podía decir o hacer?

–¿Has tenido un mal sueño? –le preguntó.

Sintió, más que vio, que ella sacudía la cabeza

–No, nada de eso –respondió con voz ronca–. Yo… pensé que había llegado el momento de aceptar tu oferta. He cambiado de opinión y ya no quiero dormir sola. ¿Te parece bien?

Capítulo Ocho

¿Que si le parecía bien? Ilya quería empezar de gritar de alegría, pero se contuvo.

–¿Estás segura? –le preguntó.

–No he podido pensar en otra cosa. Me… –se interrumpió, dudando.

–¿Sí?

–Me está volviendo loca.

–Tengo que admitir que a mí también. Este matrimonio nuestro es muy raro, ¿no te parece?

Ilya oyó que ella suspiraba en la penumbra.

–Sí que lo es.

Yasmin quedó en silencio. Su cuerpo estaba rígido de la tensión. Tal vez Ilya debería haberse dejado llevar por sus instintos y dejar a un lado lo de comportarse como un caballero. Entonces, sintió que ella se movía hacia él. Notó que le tocaba el hombro suavemente y ya no pudo contenerse. Le colocó la mano sobre la cadera y sintió que ella llevaba puesto una especie de camisón de seda. Mientras la acariciaba, la tela se deslizaba bajo su mano, una delicada y lujosa barrera entre ellos. Sin embargo, por muy agradable que esta resultaba, quería sentirla a ella.

Levantó la tela hasta que, por fin, tocó piel desnuda. Yasmin no llevaba ropa interior y, al darse cuenta, sintió que el deseo le cobraba vida en la entrepierna. Mientras la acariciaba, la mano le temblaba, pero fue levantándole poco a poco el camisón. Sintió la suave curva de la cintura, la forma de las costillas, los redondeados senos… La respiración se le cortó cuando la tocó ahí. Cubrió con la mano la rotundidad de la carne y dejó que el pulgar se deslizara sobre el erecto pezón.

Yasmin tenía la piel acalorada, como si estuviera ardiendo con la misma necesidad que él. Ilya se incorporó un poco sobre la cama para tener mejor acceso a ella e inclinó la cabeza para besarle y acariciarle con los labios el delicado abultamiento. Deseó poder verla más claramente, poder beber de su belleza, del color de su piel. Sin embargo, así, en la oscuridad, sus otros sentidos se avivaban aún más y disfrutaban con ella. Gozaba con los gemidos y con los suspiros que ella dejaba escapar cuando la acariciaba. Con el aroma de su piel y de su deseo.

Era un poderoso afrodisíaco saber que ella lo deseaba tanto. Continuó dedicándole atención a los senos mientras comenzaba a deslizar la mano por el liso vientre hasta llegar aún más abajo. Evidentemente, Yasmin era la clase de mujer que se tomaba muchas molestias con su cuidado personal, tal y como indicaba el pequeño y recortado triángulo de vello corporal que allí tenía. Daría cualquier cosa por verlo, pero ya habría tiempo. Esperaba que aquella noche fuera la primera de muchas en las podrían explorarse el uno al otro, tocarse y saborearse para gozar de sus cuerpos.

Deslizó los dedos un poco más, hasta llegar al deseo líquido. Húmedo y resbaladizo. Tan tentador… Yasmin se movía, gimiendo para indicarle lo preparada que estaba. Ilya deslizó un dedo dentro de ella y sintió que se tensaba y temblaba contra él.

—¿Te gusta? –le preguntó.

—Sí –suspiró ella, temblando–. No pares, por favor…

–Bueno, como me lo has pedido tan educadamente…

Ilya repitió el movimiento, pero en aquella ocasión con dos dedos, y comenzó a acariciarla. Yasmin levantó las caderas de la cama y se tensó alrededor de los dedos. Ilya realizó movimientos muy cortos y lentos mientras le besaba el vientre. El aroma de su cuerpo era cálido y sugerente, muy dulce. Deslizó los labios sobre el vello y lo besó. Entonces, con la lengua, buscó entre los pliegues.

Yasmin le hundió las manos en el cabello, inmovilizándole la cabeza mientras él realizaba delicados movimientos con la lengua sobre el clítoris. Él sintió que se iba tensando cada vez más. Había llegado el momento. Incrementó el ritmo que marcaba con los dedos y, entonces, cerró los labios alrededor de la delicada perla y aspiró con fuerza.

Yasmin tuvo un orgasmo entre gritos de placer. Su cuerpo temblaba mientras remitía el clímax. Ilya estuvo a punto de correrse también al sentir la fuerza de aquel orgasmo. En vez de eso, se aferró a su autocontrol, decidido a hacerle disfrutar al máximo. Su propio placer llegaría más tarde y sería mejor aún por ello.

Ilya fue ralentizando sus movimientos y, antes de retirar los dedos, le dio un último beso en el cuerpo.

–Sé que esto probablemente suena a cliché, pero guau –susurró ella.

Ilya se echó a reír. Le encantaba el hecho de que ella pudiera hacer bromas en un momento como aquel.

–Aún no he conocido al hombre a quien no le gusta que le digan algo así –admitió con una sonrisa.

Se tumbó de nuevo junto a ella y la estrechó entre sus brazos.

–Y eso pretendía que fuera, un cumplido –le dijo mientras le daba un beso en el hombro–. Ahora te toca a ti…

–No hay necesidad…

–Calla. Claro que la hay. Yo estoy a favor de la igualdad entre hombres y mujeres. ¿Tú no? –bromeó.

Le mordió el hombro muy suavemente. La sensación de los dientes contra la piel le provocó una nueva oleada de deseo. Tendría suerte si lograba aguantar un minuto más para la tortura que ella le tenía preparada. Y así fue. Una deliciosa y dulce tortura llena de sensaciones que sintió mientras ella exploraba su cuerpo con manos, labios y lengua.

De vez en cuando, la mano pasaba cerca de la entrepierna y se rozaba contra el pene, haciéndolo palpitar involuntariamente. Tenía tal sensación de tensión en los genitales que le dolían, y eso le producía un gran placer. El cuerpo le tembló al sentir que ella empezaba a bajar. Por fin, sintió los dientes sobre la sensible uve de la entrepierna. Si iba a hacer lo mismo en otra parte de su cuerpo, no creía que aguantara.

Así fue. Ilya apretó los puños sobre las sábanas y permitió que su cuerpo cabalgara la oleada de placer que amenazaba con apoderarse de él. Yasmin rodeó el miembro con los dedos y comenzó a acariciárselo mientras se metía la punta en la boca. Aquello era demasiado. Demasiado.

Con un rápido movimiento, Ilya la apartó y la hizo ponerse encima de él.

–Me estás matando –susurró mientras la colocaba sobre su grueso miembro y se hundía en ella.

–No me has dejado terminar.

–Claro que terminaremos, te lo prometo…

Cuando el cuerpo de Yasmin lo acogió, cerró los ojos

y apretó los dientes, tratando de contenerse por última vez. Aquello ya no tenía nada que ver con él. Era para los dos. Juntos.

Comenzó a mover las caderas. Yasmin siguió su ritmo. Apenas podía distinguirla bajo la suave luz de la luna que entraba por la ventana. Su esbelto cuerpo subía y bajaba, ondulándose como las olas del mar. El clímax de Ilya estaba cerca, pero tenía que asegurarse de que ella iba a alcanzarlo también junto a él. Luchó contra la necesidad de dejarse llevar. Sintió que el cuerpo de Yasmin se tensaba y notó que empezaban los primeros temblores del orgasmo.

Ya no pudo contenerse más. Yasmin lo desataba. Se dejó llevar, cabalgando la intensa oleada de placer una y otra vez. Ella se dejó llevar también. El cuerpo se le tensó y comenzó a temblar de gozo hasta que se desmoronó encima de él.

Ilya la abrazó y sintió cómo los últimos temblores abandonaban su cuerpo hasta que se quedó completamente relajada entre sus brazos.

—Guau… —murmuró contra el cabello de ella.

—No me puedo mover —dijo ella lánguidamente—. Vas a tener que retirarme tú.

—En realidad me gusta donde estás —replicó él. La estrechó con un poco más de fuerza contra su cuerpo, gozando con las sensaciones que le producía aquel contacto.

Yasmin tenía la respiración agitada y dejaba escapar pequeñas exhalaciones de aire cálido sobre el torso de Ilya. Entonces, él sintió que su cuerpo se relajaba y que se quedaba dormida entre sus brazos.

Nunca había pensado que pudiera ser así. Las profundidades de la pasión, las alturas de la satisfacción, la cercanía que se sentía al estar juntos… Por fin, perdió también la conciencia y se dejó llevar por un profundo y saciado sueño.

Aún estaba oscuro cuando Yasmin se despertó. Seguía tumbada sobre el torso de Ilya, con las piernas a ambos lados de su cuerpo. El cuerpo le vibraba con una sensación de plenitud que nunca antes había experimentado. Una parte de ella se preguntó por qué había esperado tanto tiempo para ceder a la atracción que había estado volviéndola loca durante una semana. La otra le decía simplemente que tuviera cuidado.

Aquello cambiaba las cosas. Hacer el amor con Ilya había hecho pasar su matrimonio a un nuevo nivel para ella. ¿Había sido lo mismo para él? Tembló al recordar las cosas que le había hecho y las reacciones que había provocado en ella. Yasmin no era tímida en la cama, pero él la había transportado al precipicio de algo nuevo y excitante. Algo que sabía que podría resultar adictivo.

¿Estaba preparada para ello? ¿Podría entregarse a aquel nivel de compromiso? Hacía tan solo una semana que se conocían, el mismo tiempo que llevaban casados. Era una locura sentirse así tan pronto. Ilya era su enemigo en el mundo de los negocios y, sin embargo, allí en la cama, distaba mucho de serlo.

¿Era aquel el verdadero Ilya Horvath? ¿El hombre que rescataba cachorritos, que se preocupaba de atender todas las necesidades que ella pudiera tener? ¿El hombre que la dejaba reducida a un cuerpo saciado y gozoso tras un único encuentro sexual?

¿En qué posición se quedaba ella? Se sentía confusa, sí. Y deseaba más.

¿Sentiría Ilya lo mismo? ¿Cómo le preguntaba una mujer algo así a un hombre?

–Estás pensando demasiado –le dijo él profundamente.

Su voz resonó en el oído de Yasmin. La mano, que tan solo instantes antes había descansado plácidamente sobre la espalda, había empezado a moverse suavemente, trazándole la línea de la espina dorsal. Arriba y abajo, arriba y abajo…

–¿Es posible eso de pensar demasiado?

–Sí, cuando lo que deberías estar haciendo es durmiendo o haciendo el amor.

El deseo se abrió de nuevo en ella como si fueran los pétalos de una rosa.

–¿Y qué es lo que me sugieres? –le preguntó ella levantando la cabeza para poder mirarle a los ojos.

Los ojos de Ilya brillaron bajo a tenue luz.

–Lo último, por supuesto.

–¿Sí? ¿Acaso no has tenido suficiente?

–No. Eso ha sido solo un aperitivo para abrir boca. ¿No lo he conseguido?

Yasmin se echó a reír.

–Claro que lo has conseguido, pero no esperaba que pudieras tener dudas al respecto.

–¿Acaso crees que nunca he fallado?

–¿Sí?

–Lo suficiente para saber qué es lo que se siente –dijo él tristemente–, pero no quiero hablar de eso ahora. En estos momentos, preferiría hacer eso…

Se colocó encima de ella, entre sus piernas. Yasmin sintió cómo la erección buscaba el acceso a su cuerpo.

Ilya dudó un instante.

–No hemos hablado de anticonceptivos.

—Me pongo una inyección. Y los dos estamos limpios. Fue una de las pruebas que tuvimos que hacer antes de la boda, ¿te acuerdas? –contestó Yasmin.

Se movió un poco y sintió que la punta entraba.

–¿Demasiado pronto? –le preguntó él mientras le besaba la curva del cuello.

–No lo suficiente –replicó ella levantando las caderas para facilitarle el acceso.

Ilya hizo ademán de retirarse, pero ella le clavó las uñas en el trasero para impedirlo.

–No lo suficiente –repitió.

–En ese caso, es mejor que prosiga como desea la señora –dijo mientras punteaba sus palabras con un movimiento de caderas.

–Eso está mejor –suspiró Yasmin con aprobación.

–Mi deseo es complacerte.

–No hay nada malo en eso… –consiguió decir ella antes de que el deseo empezara a crecer con fuerza dentro de ella y amenazara con borrarle toda la capacidad de hablar.

En aquella ocasión, el clímax fue más profundo e intenso que antes. Ilya le acompañó a su paso. Cuando el orgasmo llegó también para él, lo sintió por todo el cuerpo. Su placer y el de él se mezclaron en uno solo, recorriéndolos a ambos hasta que los dos quedaron exhaustos y con la respiración agitada.

Había conocido antes el placer y la satisfacción, pero nada, nada en absoluto, podía acercarse a aquel. Se sentía saciada, completamente relajada. Poco a poco, fue quedándose dormida, sin darse cuenta de que la pantalla de su teléfono móvil se había iluminado con la notificación de un nuevo correo electrónico.

Capítulo Nueve

Al día siguiente, mientras paseaba con Yasmin de la mano por la playa, Ilya pensaba que jamás se había imaginado que fuera así. Se habían acercado en coche a la costa. El aire del mar los golpeaba con fuerza, levantando la arena y provocando enormes olas, que se rompían bravas contra la playa. A Ilya le pareció que aquel paisaje era una estupenda analogía del torbellino interior que estaba experimentando.

No había esperado que la conexión con otra persona se produjera tan rápido. Por supuesto, sabía que lo que sentía se debía, en parte, a la increíble conexión sexual que había entre ambos. ¿Qué hombre no sentiría los mismo con una mujer que le daba tanto placer como Yasmin cuando hacían el amor? Sin embargo, era mucho más que eso, y eso era precisamente lo que le preocupaba.

Había amado antes a una mujer. Había creído con todo su corazón que ella era la mujer de su vida. Efectivamente, habían sido muy jóvenes, pero no había regla alguna que dijera que los jóvenes no podían amarse de aquella manera para siempre. En su caso, aquel para siempre había durado tan solo tres años. Cuando Ilya descubrió que la mujer de la que se había enamorado era una farsa, que la verdadera mujer que había detrás de las sonrisas, el afecto y los planes de futuro tan solo había sido una persona cruel y controladora, el daño que se le había infligido a su corazón había sido devastador.

Ilya era la clase de hombre que, cuando se comprometía con algo o con alguien, lo hacía totalmente. Y se había comprometido con ella. Descubrir la red de mentiras había sido un golpe devastador no solo para su corazón, sino también para su forma de confiar en la gente. Dejó de confiar en sí mismo, en su habilidad para juzgar a otros y, en todas las relaciones que había tenido desde entonces, siempre se había reservado una parte para evitar volver a comprometerse de ese modo con otra persona.

Sabía muy bien lo que era el sufrimiento de un corazón roto. La muerte de su padre primero y luego pocos años después de su madre habían estado a punto de derrotarlo para siempre. Nagy había sido su apoyo a lo largo de todos esos años. Su roca. Su estabilidad. Cuando llegó la hora de ir a la universidad, ella lo había animado a hacerlo, a encontrarse a sí mismo y a poner a prueba su lugar en el mundo. Allí conoció a Jennifer y, sinceramente, había estado totalmente seguro de que ella sería la mujer junto a la que envejecería. Descubrir cómo era en realidad había sido un golpe terrible para él y lo había convertido en una persona muy dura. Eso lo aceptaba, dado que ser duro significaba ser invencible. El único problema era que había empezado a notar grietas en los muros que tanto le había costado levantar. Abrirse a otra persona significaba exponerse al sufrimiento.

Había pensado que el compromiso emocional no sería necesario en aquel matrimonio tan poco convencional. Lealtad, amabilidad y devoción serían más que suficientes. Sin embargo, los sentimientos que estaba desarrollando por Yasmin lo habían empujado a una montaña rusa emocional para la que no sabía si estaba preparado.

—¿Vamos a sentarnos allí, que estaremos más resguardados? –le sugirió Yasmin. Estaba señalando una zona baja entre dos dunas.

–Claro.

Ilya se colocó la mano de Yasmin en el brazo y avanzaron a través de la arena para sentarse en el lugar que ella había indicado.

–Esto es tan bonito, tan diferente del valle… Sin embargo, lo es más aún desde el aire –comentó ella.

–¿Echas de menos volar? Si quieres podemos ir al aeródromo…

–Podría darte una vuelta en mi Ryan si quieres –le ofreció ella.

Ilya sintió que el pulso de Yasmin se aceleraba. El Ryan era su orgullo. Él admiraba el tiempo que ella había tenido que pasar con su abuelo para poder restaurarlo. Un proyecto así era una verdadera labor de amor. Por supuesto, también sabía que ella estaría al mando y eso a él le costaba. No porque fuera una mujer, sino porque desde la muerte de su padre Ilya casi nunca había dejado de ser el piloto al mando. Incluso en los vuelos comerciales, le costara que fuera otro el que estuviera al mando. En la mayoría de los casos, utilizaba uno de los aviones de la compañía para volar a otros lugares, incluso cuando iba a Europa o a algún lugar del Pacífico de viaje privado. Sin embargo, en el caso del Ryan, sabía que Yasmin estaría al mando.

–No tenemos que hacerlo si no quieres –se apresuró ella a decir al ver que él no respondía–. No es algo que guste a todo el mundo.

–No se trata de eso.

–Estás obsesionado por el control, ¿verdad? Lo entiendo.

¿De verdad lo entendía? ¿Cómo podía alguien saber

lo que se sentía al enfrentarse a la muerte si se cometía algún error y que la única persona en la que puedes confiar al cien por cien es uno mismo?

—¿Obsesionado por el control? —repitió—. ¿Es así como me ves?

—Es posible que esté ocultando tu verdadera naturaleza —comentó con una sonrisa.

—Huy.

—¿Se trata de eso? Estás ocultando tu verdadera naturaleza, ¿verdad? Sé que, desde la boda, nos hemos comportado estupendamente el uno con el otro. Es como vivir en una burbuja artificial. ¿No te parece?

—Supongo que es una manera de verlo, sí. Sin embargo, como respuesta a tu pregunta, no te estoy ocultando mi verdadera naturaleza. Ves lo que soy. El hombre que tienes frente a tus ojos en estos momentos.

Ella lo abrazó para besarlo.

—Me estás pareciendo sorprendentemente majo para ser un Horvath.

—Sí, esa vieja enemistad familiar…

Yasmin hizo ademán de decir algo, pero se detuvo cuando el teléfono móvil de Ilya comenzó a sonar. Él se lo sacó del bolsillo y miró quién le llamaba.

—Es Dani —dijo mientras deslizaba un dedo por la pantalla para aceptar la llamada.

Yasmin se acurrucó contra él mientras Ilya escuchaba lo que su prima tenía que decirle, manteniendo sus respuestas al mínimo. Cuando terminó la llamada, miró a su esposa.

—¿Y bien? —preguntó ella.

—Podemos ir a recoger al cachorrito cuando queramos. Es decir, si aún lo quieres.

Ella le golpeó en el brazo.

–¿Cómo que si aún lo quiero? Es nuestro. Claro que lo quiero.

Yasmin se puso en pie rápidamente. Ilya la siguió rápidamente y echaron a correr por la playa hacia el lugar donde habían dejado el coche. Cuando llegaron, Ilya la miró por encima del coche y le sonrió. En ese momento se dio cuenta de lo feliz que le hacía hacerla feliz. Y eso le llevó de nuevo a su torbellino emocional.

No. Aquella conexión, aquel sentimiento de pertenencia con otra persona, le estaba resultando completamente inesperado.

Estaban acurrucados en el sofá en el salón, observando cómo el cachorrito dormía en su cama. El suelo estaba cubierto de juguetes y de empapadores para el perrito, aunque Ilya sospechaba que le habían enseñado ya a hacer a sus necesidades. Dani pensaba que tenía entre tres y cuatro meses y era una mezcla de border collie y de dios sabía qué más. Y aún tenían que ponerle un nombre.

–Es tan mono cuando está dormido, ¿verdad? –comentó Yasmin.

–Dijiste lo mismo cuando estaba despierto.

–Creo que deberíamos llamarle Centella, por la mancha blanca que tiene en la cara.

–Sí, la verdad es que le va muy bien.

–Genial. Ya tiene nombre y casa.

–¿Y qué vamos a hacer con él cuando volvamos al trabajo? –le preguntó Ilya.

–Puedo llevármelo conmigo.

–¿Y cuándo vueles?

–Mi jefa de oficina cuidará de él… o podrías hacerlo tú.

–Bueno, ya veremos cómo lo solucionamos. También podemos echar mano de Hannah o de una residencia perruna para que pase allí el día. Danni me dijo que había una no muy lejos de aquí.

–Bueno, supongo que si ella la recomienda…

A Ilya se le ocurrió que parecía que a su esposa le costaba tanto confiar como a él, en especial en lo que era importante para ella. Se preguntó a qué se debía, aunque suponía que el hecho de que sus padres la abandonaran en manos de un abuelo gruñón tenía mucho que ver.

El teléfono de la casa comenzó a sonar. Ilya, de mala gana, se levantó para responder. Su abuela era la única persona que seguía llamando a aquel número, por lo que no tenía ninguna duda de que llamaba para saber cómo iba su matrimonio.

–Esperaba que me llamaras –dijo Alice en el momento en el que Ilya descolgó el teléfono–. ¿Por qué no estáis todavía en Port Ludlow?

–He estado ocupado conociendo a mi esposa, ya sabes, la mujer con la que me emparejaste. Además, queríamos regresar a casa. ¿Cuándo te has enterado?

De todos los nietos, él era que manejaba a Nagy a su antojo. Ninguno de los otros se atrevería a ser tan descarado.

–Cuándo y cómo me haya enterado no importa. ¿Va todo bien? –le preguntó ignorando la indirecta.

Ilya miró a Yasmin, que estaba hojeando una revista de aviación que había tomado de la mesa.

–Tan bien como se podía esperar.

–Oh, por el amor de Dios, Ilya. Deja de andarte por las ramas.

–No sé a lo que te refieres –bromeó él.

–¿Te gustaría que fuera a haceros una visita?

La firmeza de la voz de su abuela le indicó sin duda alguna que ella estaría dispuesta a romper el acuerdo familiar por el que dejarían en paz a los recién casados durante la luna de miel.

–Ya sabes que siempre eres bienvenida, pero, en este caso, creo que deberíamos dejarlo un tiempo. Te aseguro que mi esposa y yo –dijo mientras miraba a Yasmin. Ella levantó la mirada en aquel preciso instante–, nos llevamos muy bien y estamos disfrutando aprendiéndolo todo el uno sobre el otro. Además, tenemos un cachorrito.

–¿Un perro? ¿Ya? ¡Qué rápido! –exclamó la anciana encantada.

–Nos lo encontramos cuando salimos a dar un paseo por las colinas. Danni nos lo ha devuelto a la vida. Te encantará.

–Eso ya lo veremos. Ya sabes la opinión que me merecen los animales.

–¿Algo más, Nagy?

–No. Regresa junto a tu esposa. Una cosa más, Ilya…

–Dime.

–Sé que los dos podéis hacerlo funcionar.

Alice colgó el teléfono sin despedirse, pero Ilya ya estaba acostumbrado a eso. Su abuela nunca desperdiciaba el tiempo en tonterías. Era una de las cosas que Ilya más respetaba de ella.

Volvió a sentarse en el sofá y tomó a Yasmin entre sus brazos. Le gustaba el modo en el que ella encajaba contra su cuerpo. En realidad, le gustaba el modo en el que ella encajaba en su vida. A pesar de ser todo lo que buscaba en una relación, le intranquilizaba porque no estaba preparado para franquearle por completo el paso a su pensamiento ni a su corazón.

Alice colgó el teléfono y sonrió. Estaba funcionando mejor aún de lo que había esperado. Nunca se había equivocado en sus emparejamientos, pero le resultaba agradable saber que seguía siendo así.

Sonrió de nuevo al pensar en el cachorro. Parecía que el primero de sus nietos estaba por fin sentando la cabeza. Había empezado a temer que eso nunca ocurriría. Ilya se había mostrado muy reacio al compromiso desde aquel terrible momento en la universidad. Tenía una hermosa casa en las colinas, perfecta para una familia. Dinero de sobra. Una profesión que adoraba y una familia dispuesta a apoyarle en todo lo que pudiera necesitar. Sin embargo, le había faltado la pareja hasta entonces.

Sabía que cuando Ilya se entregaba, lo hacía plenamente. El hecho de que una cazafortunas hubiera abusado de aquel amor y de su confianza le enfurecía. Decidió pensar en otra cosa antes de que la ira le provocara otra angina, algo que solo sabían el médico y ella. Relajó la respiración, aclaró la mente y se permitió pensar tan solo en lo que le hacía feliz. En la familia.

Parecía que, por fin, su nieto iba a entregar lo más valioso que tenía, su corazón. Solo esperaba que hubiera hecho lo correcto porque sabía que si Ilya entregaba el corazón y se lo volvían a romper, ya nada podría repararlo.

Capítulo Diez

Yasmin rodeó el Ryan para realizar las comprobaciones rutinarias antes de salir a volar. Le resultaba extraño estar en el aeropuerto y no entrar en la oficina. El hangar de su avión estaba separado de los de los aviones de Carter Air, pero Riya le había amenazado con toda clase de castigos físicos si se le ocurría poner un pie en la oficina antes de que terminara su luna de miel.

Aunque era una mujer menuda, Riya era una fuerza de la naturaleza. A pesar de que su instinto la empujaba a ir a ver cómo iba todo, no quería ser motivo de enojo para su amiga. Si había algún problema serio, Riya la avisaría. Además, si Ilya era capaz de mantenerse alejado de su trabajo durante dos semanas, ella también.

La excitación le recorría las venas. No había volado desde antes de la boda y se moría de ganas por ponerse detrás de los controles y bailar por el cielo. Ilya iba a acompañarla. Aquella mañana le había sorprendido, en su último viernes antes de regresar a trabajar, diciendo que había decidido aceptar su ofrecimiento para volar en el viejo avión.

Hannah se había hecho cargo de Centella y Yasmin estaba encantada ante la idea de presumir un poco delante de su marido. Sin embargo, más importante aún era que él le hubiera demostrado que confiaba en ella, algo que resultaba increíble dada su preferencia por ser siempre el piloto al mando.

La única sombra de su día había sido el último correo que había recibido. Las palabras se le habían grabado a fuego en la memoria. No hacía más que preguntarse qué persona de su pasado podía ser Suchica. Evidentemente, tenía que ser alguien de su época universitaria, a juzgar por la foto, pero Yasmin había dejado de tener contacto con ellos después de aquella humillante noche.

Si sabes lo que es bueno para ti, saldrás de su vida y no volverás nunca junto a él.

La inherente amenaza le había helado la sangre, en especial por venir después de la fotografía que le había enviado unos días antes. ¿Le estaba advirtiendo la persona que le enviaba aquellos correos de que, si no dejaba a Ilya, utilizaría la foto en su contra de alguna manera?

Tal vez se trataba de alguien con la que Ilya había salido, pero, en ese caso, ¿cómo tenía esa persona acceso a fotografías suyas? ¿Y qué esperaban ganar amenazando a Yasmin? Si Ilya hubiera tenido una relación con otra mujer, no se habría puesto en manos de su abuela para que le encontrara pareja en Matrimonios a Medida.

Cuanto más lo pensaba, más le dolía la cabeza. De lo único de lo que estaba segura era de que había más preguntas que respuestas. Le habría preguntado a Ilya si había estado saliendo con alguien antes de casarse con ella, pero la oportunidad no había surgido. O tal vez era que tenía miedo de sacar el tema en caso de que él quisiera saber las razones de aquel interés.

Deslizó una mano por el ala del avión y dejó a un lado sus dudas. Había terminado ya la inspección. Vio que Ilya le estaba observando al lado del avión.

–¿Todo bien?

–Como debería ser –replicó ella con una sonrisa–. ¿Listo?

–En lo que se refiere al vuelo y, ahora que lo pienso, también a otras cosas, siempre estoy listo –respondió con una sonrisa que derritió a Yasmin por completo.

Ella se obligó a recuperar la compostura y a centrarse en el plan de vuelo que había creado para aquella salida.

–En ese caso, de acuerdo –dijo Yasmin–. Es mejor que subamos.

El aeropuerto estaba menos concurrido que de costumbre y la torre de control les dio rápidamente permiso para despegar. A los pocos minutos, avanzaban ya por la pista. El ruido del motor entraba en la cabina abierta, por lo que Yasmin que hacer uso del micrófono.

–¿Estás bien?

–Aún no he tenido que sentarme sobre las manos para no tocar los controles, pero sí, estoy bien.

Yasmin se echó a reír. Se imaginaba perfectamente cómo se sentía Ilya en aquellos momentos. Por fin, sintió que la cola del avión se levantaba y experimentó la emoción que siempre sentía cuando hacía volar el Ryan. Unos segundos más tarde, estaban volando. Yasmin alcanzó la altitud elegida y volvió a hablar por el micrófono.

–Voy a hacer algunas maniobras. ¡Agárrate fuerte!

Ilya le mostró el pulgar para darle su aprobación y ella dio una suave vuelta.

–¿Eso es todo? –le desafió él cuando el avión volvió a estar en horizontal–. Venga ya… Sé que tienes más trucos en la manga.

–Tú lo has querido.

La secuencia acrobática que hizo fue la que a menudo realizaba en las exhibiciones aéreas, pero la emoción no disminuyó por llevar un pasajero a bordo. Sin embargo, llegó un momento en el que ella se preguntó si había ido demasiado lejos. Después de todo, a Ilya le gustaba controlar lo que ocurría en un avión. No debía de estar resultándole natural estar en la cabina de un avión y no tomar los controles, sobre todo porque parecía que, entre tantas acrobacias, el avión podría caer al suelo en cualquier momento.

Tras completar sus maniobras, Yasmin enderezó el rumbo y se dirigió hacia la costa. Ver el mar desde el aire siempre la tranquilizaba, fuera cual fuera la clase de día que estuviera teniendo. Oyó que él abría el micrófono para hablar.

–Eso… ha… sido… espectacular…

Yasmin sonrió.

–Me alegro de que te haya gustado.

–Eres una piloto fantástica.

Yasmin sintió que el pecho se le henchía de orgullo. No escuchaba con mucha frecuencia una alabanza tan sentida y no había esperado que fuera de Ilya… Eso lo hacía mucho más especial.

–¿Quieres tomar el mando un poco? –le preguntó.

–Sí, claro…

Yasmin le explicó brevemente algunos conceptos básicos y algunas tendencias del avión.

–Tienes el control –le dijo después de que Ilya asintiera para comunicarle que lo había entendido.

El corazón se le paró un instante en el pecho. Desde que su abuelo y ella restauraron el Ryan, ella había sido la única persona que había pilotado el avión. Cederle el control a Ilya era la señal de respeto y confianza más importante le había mostrado nunca a nadie. Y hacerlo le había parecido algo completamente natural, lo que le había sorprendido aún más. Al día siguiente, haría dos semanas que se casaron. ¿Cómo era posible que ella, el alma desconfiada, tal y como Riya la llamaba, hubiera progresado tanto en aquella relación como para querer cederle los controles de lo que era su mayor orgullo? Sintió un nudo en el pecho. ¿Era eso lo que sentía una persona cuando se enamoraba?

No había pensado en ese sentimiento. De hecho, ni siquiera sabía cómo manejarlo. Casarse con Ilya o, si era sincera consigo misma, con cualquiera que le hubiera estado esperando en el altar aquel día, había sido simplemente una solución para ella, el medio para conseguir un fin. Desarrollar sentimientos más profundos tan pronto... Era ridículo. La gente no se enamoraba tan rápidamente.

«Pero vosotros sí», le susurró su conciencia. ¿Acaso no se habían conocido sus padres y se habían enamorado y casado en unas pocas semanas? ¿No habían siempre dicho ellos que habían sabido en el momento en el que se vieron que estaban destinados el uno para el otro y que no podía perder ni un momento en noviazgos y compromisos cuando, simplemente, podían empezar enseguida su vida en común? Incluso Riya, cuyo matrimonio se había acordado en la India, había sonreído con satisfacción y le había dicho:

—Cuando se sabe, se sabe.

¿Lo sabía Yasmin? No estaba segura. «Analicemos esto lógicamente. A pesar de tus razones para casarte, has contraído matrimonio con un hombre que, seguramente, es el sueño de perfección de toda mujer heterosexual. No es el idiota dominante que habías creído que era. De hecho, no se parece ni remotamente a eso. En muchos sentidos, se parece a ti. Centrado. Dedicado a su trabajo. Listo para empezar una familia, para transmitir un legado...».

Miró hacia la costa que se extendía bajo sus pies. No le gustaba la dirección que estaban tomando sus pensamientos.

–Creo que deberíamos regresar ya –dijo de repente.

–Todo tuyo –contestó Ilya por el micrófono.

Yasmin volvió a hacerse cargo del control del aparato y regresó al aeródromo. Realizó un aterrizaje perfecto y lo devolvió al hangar. Acababa de «acostar» al Ryan, tal y como a ella le gustaba decir, cuando Ilya la abrazó por detrás y le dio la vuelta. Comenzó a besarla como si su vida dependiera de ello. Si así era como reaccionaba cuando Yasmin lo llevaba a volar, tendría que hacerlo más a menudo.

El deseo le prendió rápida y tórridamente por las venas. Ella le devolvió inmediatamente todo lo que Ilya le estaba dando. Fue entonces cuando se dio cuenta de que le había colocado las manos sobre la pechera de la camisa y había empezado a desabrocharle febrilmente los botones.

–Aquí no. En mi apartamento. Arriba.

Le agarró de la mano y tiró de él hacia la puerta trasera. Allí, tomaron las escalerillas externas que llevaban al viejo apartamento de su abuelo. Después de que él muriera, Yasmin lo había convertido en el suyo, dado que no veía razón alguna para pagar un alquiler. Su proximidad con el trabajo era perfecta.

Ilya iba subiendo la escalera detrás de ella con firmes pasos. Con solo escucharlo, a Yasmin le hervía la sangre en las venas. Por fin, metió la llave en la cerradura y abrió la puerta.

En el segundo en el que estuvieron en el interior, ella se dio la vuelta y empujó a Ilya contra la puerta. Lo besó con toda la pasión que llevaba dentro desde que empezaron a besarse en el hangar. Se desnudaron y fueron tirando la ropa al suelo mientras se dirigían al dormitorio. Segundos más tarde, caían sobre el colchón, con brazos y piernas enredados. Ella se subió sobre él a horcajadas. El sexo fue rápido y apasionado. El orgasmo llegó tan rápido que ella se quedó sin respiración. Instantes después, notó que Ilya se vertía dentro de ella.

Ilya tiró de ella y los dos se tumbaron de costado. Ilya la miró con una tonta sonrisa en los labios. Tenía la respiración tan entrecortada como ella. Cuando Yasmin le colocó la mano sobre el pecho, sintió los erráticos latidos de su corazón, similares a los de ella.

–¿Es aquí donde dices «guau»? –le preguntó él casi sin aliento.

–Sí, este sería un buen momento –respondió ella. Se sentía agotada como si hubiera corrido una maratón.

–Guau.

Yasmin se echó a reír. El sonido surgió de lo más profundo de su ser y se adueñó de ella. La alegría la llenaba por completo. Ilya empezó también a reír y los dos estuvieron así, riendo como un par de idiotas, durante un rato. Al final, ella se tranquilizó y entrelazó los dedos con los de él.

–¿Eres así siempre que cedes el control? –le preguntó ella, riendo y apretándole la mano.

–Podría acostumbrarme –admitió él.

–Deberíamos hacerlo más a menudo –dijo ella–. Me refería a lo de salir a volar juntos. Aunque el resto también ha estado muy bien.

–No podría estar más de acuerdo –comentó él mientras se ponía de espaldas–. Gracias.

–¿Por el sexo? –bromeó ella.

–Por todo. No sabía cómo me sentiría no siendo el piloto al mando. Y no ha sido tan malo como suponía –comentó él con un suspiro–. De hecho, ha sido increíble. Eres increíble… y muy intrépida.

Yasmin se sintió que las alabanzas de Ilya le encantaban y las saboreó con gusto. Hacía mucho tiempo desde la última vez que alguien le había dicho que lo había hecho muy bien.

–Gracias, me alegro de que te haya gustado. Yo… comprendo lo que puede ser enfrentarse a los temores de uno, pero jamás diría que soy muy intrépida. Le tengo miedo a muchas cosas. De hecho, hasta hace unos pocos años, no podía meter la cabeza debajo del agua, pero volar no es uno de ellos.

Comenzó a trazar pequeños círculos en el torso de Ilya con un dedo. Disfrutó el hecho de que podían estar allí tumbados todo el tiempo que quisieran dado que no había prisa para marcharse. Cuando Ilya habló, sintió las vibraciones de su voz en el cuerpo.

–Dime cuál es tu mayor temor. Tal vez podamos superarlo juntos, dado que, aparentemente, tú me has curado del hecho de querer estar siempre al mando.

¿Debería decírselo? ¿Podría hacerlo? Aunque estaban casados, eran esencialmente un par de desconocidos. Yasmin no le había dicho nunca a nadie lo de aquella noche, sobre la desesperación de formar parte del grupo de sus compañeros de universidad. Aún le avergonzaba pensar en por qué había permitido que eso fuera tan importante para ella.

–Yasmin…

Ella respiró profundamente y tomó una decisión. No tenía nada que temer de Ilya, ¿verdad?

–Mi mayor temor es no ver. Que me coloquen una venda sobre los ojos y me restrinjan la visión para llevarme a una situación tan peligrosa que casi ponga en riesgo mi propia vida… Sí, ese es mi mayor temor –añadió tras una pausa.

Ilya se tensó al escuchar aquellas palabras. Además de que siempre había tenido la sensación de haber visto a Yasmin en el pasado, en algún lugar aparte de las escasas ocasiones en las que se habían encontrado en asuntos relacionados con sus empresas, la mención de la venda sobre los ojos y lo de poner en riesgo la vida le hicieron regresar a un momento de su vida que había preferido apartar de sus recuerdos.

–¿Que casi ponga en riesgo tu propia vida? –preguntó. Buscaba confirmación de que ella estaba hablando del incidente que Ilya creía.

–Supongo que debería contártelo todo –dijo Yasmin.

Se sentó en la cama y dobló las rodillas para llevarlas al pecho. Entonces, se agarró las piernas. Ilya extendió la mano y le acarició la espalda. Estaba decidido a asegurarse de que ella no se sentía sola.

–Solo si te apetece.

–Sí. Es que nunca antes he confiado en alguien lo suficiente como para compartir esto antes.

–¿Te preocupa que lo pueda utilizar en tu contra?

–¡Por supuesto que no! Es que no me gustaría que pensaras de mí de un modo diferente por lo que ocurrió.

–¿Por qué no dejas que sea yo el que juzgue eso?

–Está bien –dijo ella con una frágil sonrisa que le llegó a Ilya al corazón–. Toda mi vida me he esforzado mucho para ser la mejor en mis estudios y en los deportes. Supongo que, en parte, era con la esperanza de que, si les demostraba a mis padres que era una buena chica, tal vez decidirían regresar para que todos pudiéramos vivir como una familia. Cuando me di cuenta de que no importaba nada de lo que hacía, porque ellos no iban a regresar nunca, busqué la aprobación de mi abuelo. Había que esforzarse mucho para impresionarle.

Yasmin se echó a reír. Lo hizo con amargura, sin alegría. Ilya volvió a sentirse furioso con el viejo Carter. Yasmin se merecía mucho más.

Ella prosiguió, perdida en sus recuerdos.

—Como estaba tan centrada en mis cosas, nunca hice amigos en el colegio. Cuando no estaba estudiando, estaba entrenando. Cuando no estaba entrenando, estaba compitiendo o ayudando a mi abuelo en el aeródromo. Por eso, cuando llegó la hora de hacerme hueco en la universidad, decidí ser como todos los demás. Resulta ridículo pensar en todo lo que me esforcé por ser normal. Estaba dispuesta a hacer cualquier cosa para encajar. Cualquier cosa.

Ilya sintió que el vello se le ponía de punta cuando ella mencionó dónde había ido a la universidad. A la misma que Jennifer. Deseaba desesperadamente tranquilizarla, decirle que era normal, que siempre lo había sido. Que los que no lo habían sido eran los otros. Sin embargo, si lo hacía, estaría admitiendo su propia implicación. Su propia vergüenza.

—Cuando traté de hacerme miembro de la hermandad más popular, las pruebas eran muy exigentes. La última se iba a celebrar junto a un lago después de medianoche. La lista de desafíos era muy extensa e implicaba beber alcohol si decía o hacía algo mal. Yo nunca había bebido y los chupitos de vodka se me subieron rápidamente a la cabeza. Terminé haciendo cosas que no habría hecho nunca estando sobria, pero estaba desesperada por ser una más, por formar parte de algo que otros chicos y chicas de mi edad hacían con normalidad. Estaba muy borracha cuando me pusieron una venda en los ojos y me dijeron que tenía que nadar desde la playa a un pontón y luego volver a regresar a la playa. En circunstancias normales, lo habría hecho sin problemas, pero con todo el alcohol que tenía en la sangre, no terminó bien. Estuve a punto de ahogarme. Fallé el desafío y alguien, ni siquiera sé quién, me tuvo que sacar del agua. Terminé en las urgencias del hospital. Me hicieron un lavado de estómago y me pusieron suero para que recuperara la sobriedad. Fue la experiencia más vergonzosa de mi vida. Jamás olvidaré la charla que me echó el médico. Por supuesto, no logré entrar en la hermandad y las chicas de las que tan patéticamente había querido ser amiga me dieron la espalda. Fue una lección muy dura, pero la aprendí muy bien. Entonces, decidí regresar a casa y terminé mis estudios en la universidad de California. Seguí con mi vida, pero todo lo ocurrido me dejó cicatrices. Me dejó un miedo profundo al agua, que logré superar, pero sigo sin poder soportar que me venden los ojos o no poder ver. Me da pavor.

–¿Y no se lo dijiste nunca a nadie? ¿No informaste al rector?

Ilya ya conocía la respuesta, pero no comprendía por qué no lo había hecho.

–¿Y cómo podía hacerlo? Elegí participar e hice algunas cosas asquerosas una vez más porque yo quise. Podría haberme marchado o haberme rendido tal y como hicieron algunas de las chicas cuando los desafíos empezaron a ser demasiado descabellados. Algunos hicieron fotos –dijo con un nudo en la garganta–. Me advirtieron de que, si decía algo, esas fotografías verían la luz. No podría haberlo soportado. Resultó más fácil marcharme que ser juzgada por lo que había hecho.

¿Cómo podía ella sentir que podrían juzgarla por lo ocurrido aquella noche? Ella había sido la víctima y la persona a la que habían chantajeado. Como si todo ello no hubiera sido suficiente, la que entonces era la prometida de Ilya había sido la instigadora de todo aquello.

Era increíble que Yasmin fuera la chica que sacó del agua aquella noche. Resultaba difícil relacionar la esbelta y competente rubia a la que estaba empezando a conocer con la pobre chica que había sacado del agua. Por aquel entonces, estaba algo más gordita y tenía el cabello largo y mucho más oscuro, más castaño que el rubio que tenía en aquellos momentos. Su aspecto era completamente diferente. Irreconocible. Aquella noche, nadie mencionó su nombre ni sabía quién era. Ilya tan solo sabía que tenía problemas y que había que ayudarla. La había salvado. Después, Jennifer le suplicó que no llamara a la policía. Le prometió que cuidarían de la chica y le convenció de que lo que había ocurrido era simplemente una broma que se les había escapado de las manos. Que no había habido nada malicioso.

Guardar silencio iba en contra de todo lo que se le había enseñado a Ilya sobre el bien y el mal y se había enfadado mucho con Jen. Sin embargo, era su prometida. La amaba. Había planeado una vida junto a ella. Tenía que creerla, confiar en ella. Y eso fue lo que hizo hasta que, unos días más tarde, oyó que Jen hablaba sobre lo mucho que se habían reído y cómo él les había chafado la diversión. Ilya se dio cuenta de que sus amigos, los mismos que le habían dicho que Jen le estaba utilizando, tenían razón sobre ella. No podía pasar el resto de su vida con una mujer tan malvada y cruel como ella.

Había sido un tonto y, en ese momento, había perdido la fe en sí mismo.

Miró a Yasmin con nuevos ojos y comprendió que deseaba volver a salvarla. Salvarla del terrible sentimiento de culpabilidad que aún llevaba sobre los hombros por lo ocurrido aquella noche. Estaba desesperado por tranquilizarla, pero le faltaban las palabras. ¿Cómo podía decirle que él había estado allí aquella noche, aunque no hasta después de que se metiera en el agua? ¿Cómo podía decirle que había estado prometido con la mujer que le había hecho pasar por aquel infierno, la mujer cuyos actos aún afectaban a Yasmin en el presente?

Su esposa era la mujer a la que había sacado del agua aquella horrible noche. ¿Era una increíble coincidencia o había sabido su abuela de alguna manera lo ocurrido? Ella había creado aquella unión. ¿Sería el emparejamiento con Yasmin una de sus retorcidas ideas? No le sorprendería. Hagy siempre había tenido un fuerte instinto en lo que se refería a los otros. Cuando regresó a casa para decirle que había roto su compromiso, ella no le había pedido que le dijera por qué. Tan solo le había ofrecido consuelo y compasión y le había dicho que confiaba en que siempre haría lo correcto. Ilya se moría de ganas por interrogarla al respecto, pero tendría que ser en otra ocasión. En aquel momento, tenía que tranquilizar a Yasmin y asegurarle que no había hecho nada malo. Su miedo era el resultado directo de lo que otros le habían hecho aquella noche. Ella no era responsable.

Si Ilya se hubiera comportado entonces como debería haberlo hecho y hubiera informado de lo ocurrido, el suceso se habría resuelto apropiadamente. Yasmin no habría tenido que cargar con un sentimiento de culpa que llegaba hasta el presente. Ya era demasiado tarde. No podía deshacer el pasado. Sin embargo, podía ayudar a Yasmin en el futuro.

Se dijo que estaba completamente comprometido con su matrimonio. Tan solo le faltaba por demostrar que lo estaba también con ella.

Capítulo Once

Se dijo que se lo debía a Yasmin. Si no podía o no quería aprovechar aquella oportunidad, no merecía estar casado con ella. En aquellos momentos, la sinceridad de ella merecía una respuesta. Se incorporó y la tomó entre sus brazos, estrechándola contra su cuerpo para ofrecerle consuelo. Sabía que era demasiado tarde, pero tenía que empezar por alguna parte.

–Estás siendo muy dura contigo misma. Por lo que me has contado, resulta evidente que tú no fuiste culpable de nada.

Ella sacudió la cabeza e Ilya le puso las manos en el rostro y le hizo inclinarlo para mirarla a los ojos.

–Confía en mí, Yasmin. Sé de lo que estoy hablando. Confiaste en las personas equivocadas, eso es todo. Lo que ocurrió después escapa a tu control.

Los ojos de Yasmin se habían llenado de lágrimas. Ilya se sintió muy culpable. Odiaba que aquella mujer fuerte y orgullosa siguiera aún tan herida por lo que ocurrió aquella noche. De algún modo, tenía que enmendar lo ocurrido. Tenía que darle fuerza y borrar el dolor que la experiencia aún seguía causándole.

–Tú no tienes la culpa –insistió.

A Yasmin le temblaba el labio incontrolablemente. Una lágrima había dejado un rastro de plata sobre la mejilla. Ilya nunca había podido soportar las lágrimas de una mujer y ver a su orgullosa esposa desmoronarse de aquella manera le resultaba devastador. Capturó los labios de ella con los suyos y trató de transmitirle con aquel beso la admiración que sentía hacia ella por su valor, por su talento como piloto, por su determinación a dejar el pasado atrás y seguir adelante con la vida que había escogido. Cuando rompieron el beso, Ilya la miró a los ojos. Ella tenía las pupilas dilatadas del deseo que parecía arder como una llama eterna entre ellos.

–Tú no tienes la culpa –repitió.

Entonces, hicieron el amor lenta e intensamente. Ilya se tomó su tiempo para explorar el cuerpo de Yasmin, para descubrir todos los puntos de placer ocultos, para aprenderla y memorizarla, para hacerle comprender lo mucho que la admiraba y la deseaba. Renovó su fascinación con la sedosa textura de su piel y su sabor. Cuando la penetró, sintió un potente vínculo con ella, un vínculo que no había experimentado nunca antes. Un vínculo que lo aterraba y emocionaba al mismo tiempo. Cuando alcanzaron el orgasmo, lo hicieron juntos y cayeron en un abismo de placer y satisfacción con un gozo que le arrebató por completo el aliento.

Después, ella se quedó adormilada, completamente protegida. Sin embargo, Ilya no podía descansar. No hacía más que pensar en lo que había averiguado. En su implicación en aquel asunto. Yasmin se merecía saberlo todo. Se culpaba de lo ocurrido, pero él también tenía su parte de culpa. Después de todo, ¿no se había creído enamorado de Jen? ¿Acaso no la había creído cuando ella le dijo que las cosas se habían descontrolado cuando, en realidad, aquel había sido su plan para Yasmin desde el principio? Debería haberse dado cuenta.

No quería que hubiera secretos entre Yasmin y él, pero, ¿cómo podía decirle sin destruir la frágil belleza de lo que estaba creciendo entre ambos? Aquellas dos últimas semanas habían sido un ejercicio de aprendizaje del uno sobre el otro. Habían desarrollado una cierta confianza. Si se lo decía, ¿se rompería todo aquello en pedazos? Ella había sido muy valiente al contarle lo ocurrido, pero temía que, si revelaba su implicación, ello haría saltar por los aires cualquier posibilidad que tuvieran de continuar construyendo su matrimonio.

La estrechó con firmeza entre sus brazos y aspiró su sutil aroma mientras gozaba con la agradable sensación de sentir la piel desnuda de Yasmin contra la suya. Sabía que debía decírselo. Se lo debía y terminaría haciéndolo, pero tenía que ser en el momento adecuado. Tenía que asegurarse de que, haciéndolo, no la apartaría de su lado para siempre. Mientras tanto, haría todo lo posible por demostrarle cada día lo importante que se había hecho para él.

Mientras regresaban en coche a casa, Ilya sintió una inesperada apatía. Aquel día había resultado ser una revelación para él en más de un sentido. No solo Yasmin se había sincerado con él, lo que era ya muy importante en sí mismo a pesar de haber abierto también una caja de Pandora para él, sino que también Yasmin había conseguido que enfrentara a su propia necesidad de estar al mando y que le hubiera hecho aprender a ceder el control. Yasmin le había abierto los ojos de un modo que no creía posible. Había libertad cuando se confiaba en otros y esta producía una ligereza en el pecho que Ilya llevaba mucho tiempo echando de menos.

Se alegraba de que hubieran ido a su apartamento, no solo por el placer que habían encontrado el uno en el otro mientras estuvieron allí, sino porque le proporcionaba una pequeña ventana en la vida de Yasmin. Su apartamento estaba amueblado muy cómodamente, pero de un modo minimalista, teniendo en cuenta más bien la función que la belleza. Dudaba que hubiera pasado allí más tiempo del que era estrictamente necesario. De hecho, había tan poco de ella allí, aparte de las fotos de aviones sobre una pared, que, si no la hubiera conocido tan bien como estaba empezando a conocerla, habría creído que era una mujer aburrida y poco inspiradora.

El cuerpo se le tensó al recordar exactamente lo inspiradora que podía llegar a ser al recordar cómo habían hecho el amor. No. El apartamento no era en absoluto reflejo de ella, a menos que sirviera como recordatorio de la habilidad que tenía para compartimentalizar su vida. Su esposa era un enigma. Estaba más cómoda en un avión que en coche. Más feliz haciendo maniobras en el cielo que haciendo que su casa o apartamento fueran acogedores. Yasmin tenía tantas facetas por descubrir…

Sin embargo, conseguir que se abriera, llegar a comprenderla mejor significa abrirse también él más con ella. Debería ponerse en la línea de fuego, darle el poder de hacerle daño. Si ese era el caso, ¿no tendría él también el poder de hacerle daño a ella? Rechazó la idea. Hacerle daño a Yasmin no era una opción, pero llegar a conocerla mejor, a comprender qué era exactamente lo que le hacía vibrar, sí lo era.

Centella los saludó alegremente cuando entraron en la casa. Ilya lo sacó para que hiciera sus cosas en el jardín mientras que Yasmin colocaba la ropa que se había traído de su apartamento en el dormitorio. Volvió a bajar casi inmediatamente.

–¿Tienes hambre? –le preguntó a Ilya cuando regresaba al porche seguido del cachorro.

–Muchísima. Alguien me ha hecho hacer mucho ejercicio hoy.

–Es lo que tienen las acrobacias aéreas –bromeó ella.

–No estoy hablando de las acrobacias. Al menos no las aéreas.

Yasmin se sonrojó. Durante unos segundos los dos recordaron la pasión que habían compartido, pero Centella comenzó a ladrar para llamar su atención y rompió el embrujo. Yasmin se inclinó para acariciarle.

–Hannah me dijo que nos dejaría una ensalada de verduras a la parrilla y unos filetes para que pudiéramos cenar esta noche –dijo después darle mimos a Centella, hasta el punto de que el cachorrito se había tumbado de espaldas de puro gusto–. ¿Quieres que haga la carne a la parrilla también?

–Claro.

Todo era tan normal, tan familiar… A Ilya le encantaba. Entraron juntos en la cocina, con el cachorrito trotando detrás de ellos. Aquella era la vida que Ilya siempre había querido y que, sin embargo, nunca se había atrevido a desear. Después de la muerte de su padre, su madre se había roto por dentro. Se había mostrado completamente perdida sin su esposo y, cuando por fin consiguió superar las primeras etapas del luto, cambió de una forma que dejó a Ilya confuso y preocupado tanto por su cordura como por su seguridad. Empezó a salir con cualquier hombre que mostrara interés en ella. En una ocasión, admitió que lo hacía porque tenía que encontrar la manera de iluminar la oscuridad que la pérdida de su marido había dejado en ella.

Ilya había visto cómo su madre pasaba de ser una amante esposa e inmejorable madre a convertirse en una mujer frágil e insegura. El hecho de no ser capaz de ayudarla había sido una tortura para él. Cuando murió junto a su novio en un accidente de tráfico, a nadie le sorprendió. Para Ilya fue un suceso terrible. No había sido capaz de salvar a su padre ni a su madre. No le cabía la menor duda de que su necesidad de controlar el mundo salía de ese año de puro infierno, lo que hacía que la normalidad que estaba viviendo en aquellos momentos fuera aún más dulce. O, al menos, lo sería, si encontraba la manera de decirle a Yasmin su implicación en su pasado. Aquella noche había sido un momento que cambió la vida de ella. Cuando se lo dijera, ¿sería ella capaz de no pensar en aquella experiencia cada vez que lo mirara?

Mientras recogían después de cenar, oyó que el teléfono de Yasmin comenzó a vibrar sobre la encimera.

–¿Vas a contestar? –le preguntó él mientras enjuagaba los platos y los metía en el lavavajillas.

–Más tarde.

–Podría ser importante.

–No reconozco el número. Si es importante, volverán a llamar.

El teléfono dejó de vibrar y, casi inmediatamente, volvió a empezar otra vez.

–Es mejor que conteste –dijo con un gesto serio en el rostro.

Ilya la observó. Parecía tener miedo de responder la llamada. Tal vez miedo no era la palabra, pero sí aprensión. Salió al patio y, después de lo que parecieron ser los saludos habituales, Ilya oyó que el tono de su voz cambiaba y se hacía más animado. Unos minutos más tarde, regresó a la cocina con una cautelosa sonrisa en el rostro.

–Esto es muy incómodo… Tengo un nuevo cliente potencial que quiere conocer a mi esposo. Nos ha in-

vitado a cenar. Si no quieres ir, lo comprendo perfectamente, dado nuestro acuerdo de no hablar de nuestros
negocios.

—Eso lo dijiste tú —le indicó Ilya.

—Pero tú no te negaste.

—Es cierto, pero si lo hubiera hecho la boda no se
habría celebrado, ¿no?

Yasmin tuvo la decencia de parecer avergonzada.

—Tienes razón —contestó secamente—. Olvídalo…

—Yasmin, relájate. Es una cena. Creo que podemos
cambiar las reglas en esta ocasión. Evidentemente, es
muy importante para ti porque, si no, no me lo habrías
pedido. ¿Cuándo es?

—Mañana por la noche.

—Claro —dijo Ilya mientras se secaba las manos con
un paño—. Podemos hacerlo.

Vio que ella se relajaba, aliviada.

—Gracias… Una cosa… tú no andabas detrás del
contrato Hardacre, ¿verdad?

Ilya negó con la cabeza. Horvath Aviation lo había
considerado cuando se supo que se iban a licitar aquel
contrato, pero había escuchado rumores sobre Hardacre
y no había querido poner a ninguna de sus empleadas en
su línea de fuego por si lo que se decía de él resultaba
ser verdad. Evidentemente, Yasmin sí lo había hecho y
no acababa de comprender cómo le hacía sentirse aquel
hecho.

Inmediatamente, sintió que su instinto de protección
saltaba a la palestra y quiso advertirla sobre cómo podía ser Hardacre. Entonces, un insidioso pensamiento
se apoderó de él. En alguna parte había escuchado que
Hardacre había hecho un trato con su pobre esposa: jamás tocaría ni se fijaría en una mujer casada.

¿Era esa la razón por la que Yasmin había decidido casarse? ¿Se había casado tan solo para asegurarse un contrato de negocios? Si había sido así, ¿en qué posición quedaba él, tanto si lo ganaba como si no? Estaba empezando a desarrollar hacia ella sentimientos que no había imaginado, pero, ¿y si estaba utilizándolo?

Yasmin preparó café. Parecía estar muy contenta y relajada. Ilya odiaba tener que cuestionarla al respecto. De repente, la insistencia de ella en que jamás hablaran de cuestiones de trabajo adquirió un nuevo significado, un significado que a él no le gustaba Ella tenía secretos. ¿Acaso no los tenía él también? Hasta que pudiera contarle la verdad, ¿cómo podría exigirle lo mismo a ella?

Yasmin apenas podía contener su excitación mientras se preparaba para la cama. La cena con Esme y Wallace Hardacre había ido bien y estaba segura de que Carter Air iba a ser la empresa elegida.

El día anterior había tenido un momento de incomodidad cuando se había preguntado si la empresa de Ilya había presentado un proyecto para conseguir también el contrato, pero el hecho de que Ilya le asegurara que no le había alegrado profundamente. Tal vez por fin conseguirían la estabilidad que tan desesperadamente necesitaban. No tendría que despedir a nadie y podría pagar el préstamo en su totalidad. La guinda del pastel era la relación que estaba empezando a tener con Ilya.

Lo único malo de todo lo que estaba ocurriendo en su vida eran los correos electrónicos. Le había llegado otro mientras estaban en la cena.

No me estás escuchando. Déjale inmediatamente o todo el mundo sabrá lo que realmente eres.

Había pensado en bloquear a Suchica, pero la cautela se lo había impedido. Hasta aquel momento, los correos habían contenido amenazas vacías y habían sido más molestos que cualquier otra cosa. Ciertamente, no le parecía que tuviera nada que pudiera llevar a la policía. Además, ¿quería llegar hasta ese punto? De una cosa estaba segura: no podía ceder a las demandas. Y, aunque hiciera lo que se le pedía y abandonara a Ilya, ¿qué conseguiría con ello Suchica? Prefería esperar que todo acabara en nada si seguía ignorando los mensajes.

Ilya ya estaba en la cama cuando ella terminó en el cuarto de baño. Yasmin se acurrucó contra su espalda y le rodeó la cintura con el brazo.

–¿Cansado? –le preguntó ella mientras le acariciaba el vientre desnudo con la mano.

–Sí –respondió él.

Ilya le agarró los dedos con los suyos para impedir que ella siguiera bajando. Yasmin aceptó el rechazo sin tomárselo a mal. Desde aquella primera noche que hicieron el amor, habían dormido poco cuando se metían en la cama.

–Lo de esta noche fue muy bien, ¿no te parece? –comentó ella suavemente contra su espalda.

Ilya gruñó a modo de asentimiento. Debía de estar muy cansado.

–¿Ilya?

–¿Hmm?

–¿Estabas…?

A Yasmin le costaba encontrar las palabras y, cuando ella guardó silencio, Ilya se dio la vuelta para mirarla.

–¿Que si estaba qué?

–¿Estabas saliendo con alguien antes de que nos casáramos? ¿Alguien con quien fueras en serio?

–No.

–Vaya.

–¿Por qué me lo preguntas?

–Por nada. Buenas noches.

Ilya se volvió a poner de espaldas.

–Buenas noches.

Yasmin permaneció tumbada en la oscuridad escuchando la tranquila respiración de él. Estaba casi segura de que Ilya no estaba dormido. Había algo que le molestaba, pero, ¿de qué se trataba? Cuando se paró a pensarlo, se dio cuenta de que él había cambiado cuando ella le mencionó a los Hardacre la noche anterior. De hecho, la noche anterior había sido la primera que no habían hecho el amor desde que pasaron la primera noche juntos. Ella lo había atribuido al hecho de que se habían saciado en su apartamento, pero tal vez había algo más.

¿Había estado mintiéndole cuando le dijo que no habían pujado por el contrato Horvath? Por supuesto que no. Habría salido en la conversación durante la cena de aquella noche. Esme les había preguntado por su boda y por la alegría de estar recién casados como si estuviera recordándole a su esposo que Yasmin estaba fuera de sus límites. Wallace había estado hablando de golf y de los últimos resultados del futbol americano con Ilya. De hecho, la conversación había sido totalmente social, no había tocado los negocios en absoluto.

¿Qué era lo que le pasaba entonces a Ilya? Quería saberlo. Quería ayudarle. Después del día anterior y de haberle contado lo que le ocurrió en la universidad, él se había mostrado muy cariñoso con ella y le había insistido que nada de lo que le pasó había sido culpa suya. Ella le había creído, no solo porque quería hacerlo, sino porque también confiaba en él.

La confianza era un sentimiento muy frágil, como el cristal. En manos equivocadas, se podía hacer pedazos, pero, en las correctas, podía convertirse en algo atesorado y amado. ¿Era eso lo que estaba empezando a sentir por su esposo? ¿Amor? No tenía nada con lo que comparar aquel sentimiento, pero el modo en el que su cuerpo y su pensamiento reaccionaban cuando estaba con él parecía indicar que, ciertamente, estaba enamorándose de él. Era mucho más de lo que había esperado, más de lo que había pensado nunca que merecía. Y todo por él.

Se rebulló en la cama y trató de ponerse un poco más cómoda, pero ya le resultaba extraño dormirse sin estar abrazada a su marido.

De repente, empezó a pensar en su abuelo. Él no habría aprobado aquella unión, pero ya no estaba en el mundo. Había sido su guía durante toda su vida, pero, en el peor de los momentos, no había podido apoyarse en él. Sin embargo, a veces, reconocía que no podía hacerlo todo sola.

Consideró la amargura de Jim Carter hacia los Horvath solamente porque él había sido el amante rechazado. Alice le había rechazado y él había construido toda una vida de resentimiento hacia ese hecho, envenenando la mente de Yasmin con los dueños de la empresa rival desde el día en el que sus padres la dejaron en su puerta. Sin embargo, Ilya no se parecía en nada a la clase de hombre que su abuelo le había dicho que era.

«¿Casi no le conoces y te crees que estás enamorada de él?». No sabía si la voz en su interior era la suya propia o un recuerdo de la de su abuelo. No hacía más que repetirse en su interior y le impedía dormir. Algo había ocurrido entre Ilya y ella. Algo que desconocía. Algo que no era bueno.

Capítulo Doce

Resultaba raro que fueran al trabajo juntos en el mismo coche, en especial por aquella barrera invisible que había surgido entre ellos a lo largo del fin de semana. Habían dejado el Lamborghini de Ilya en el garaje y habían tomado el nuevo Tesla que se había comprado.

Ilya dejó a Yasmin en la puerta de Carter Air. No había rechazado el beso que ella le dio antes de salir del coche, pero también había sido demasiado afectuoso. Yasmin pensó que tal vez era por el cachorrito mientras le ponía al animal una correa y lo sacaba del coche. Centella había mostrado un inusitado interés en el reposabrazos que había junto a él y la tapicería de cuero tenía un montón de marcas de dientes. Ilya no se había mostrado muy contento cuando vio el daño.

Podía ser también porque estuviera preocupado por lo que le esperaba en su empresa y se había puesto ya en modo trabajo.

Yasmin llevó al perro a que hiciera sus necesidades antes de entrar en la oficina, que estaba junto al hangar de Carter Air. En el momento en el que entró por la puerta, Riya se levantó de un salto de la silla para darle a Yasmin un fuerte abrazo.

–¡Bienvenida! –exclamó con alegría–. Vaya, vaya, vaya… Evidentemente el matrimonio te sienta bien. ¡Reluces!

Yasmin se sonrojó.

–Es solo bronceado. Estamos mucho junto a la piscina.

–Sí, claro, te creo –comentó Riya con una risita.

–Es cierto –protestó Yasmin, pero luego no pudo evitar echarse a reír también. Entonces, miró a su alrededor–. Bueno, ¿qué hay de nuevo? ¿De qué me tengo que ocupar en primer lugar?

Las dos mujeres fueron al despacho de Yasmin. Centella se tumbó en un rincón y se puso a dormir. Yasmin le había dado un largo paseo aquella mañana para que pudiera quemar parte de su energía y permitiera que ella se concentrara en su trabajo durante unas cuantas horas. Hannah le había sugerido que lo dejara en la casa, pero ella quería que el cachorro se acostumbrara a una rutina variada, lo que incluía conseguir que él se acostumbrara a comportarse en el trabajo, tanto si era con ella como con Ilya.

–Ha llegado esta entrega por mensajero justo antes de que llegaras –le dijo Riya con una enorme sonrisa mientras le entregaba un sobre a su jefa.

Yasmin sintió que se le aceleraban los latidos del corazón. Reconoció inmediatamente el nombre de los abogados que aparecía impreso en el sobre. Representaban a Hardacre. Respiró profundamente, lo abrió y vertió el contenido sobre la mesa. Allí estaba. El contrato firmado. La alegría y el alivio competían a partes iguales dentro de su corazón.

–Lo hemos conseguido –dijo con voz triunfante mientras miraba a Riya con una enorme sonrisa en los labios–. Tenemos el contrato.

–¡Es una estupenda noticia! Jamás dudé de ti ni por un instante. Habrían estado locos de aceptar la oferta de otra empresa. ¡Qué manera tan maravillosa de empezar la semana! Se lo comunicaré al equipo. ¿Cuándo empezamos a trabajar para ellos?

–El viernes –contestó Yasmin mientras examinaba rápidamente el contenido de la carta que acompañaba al contrato. El contrato firmado–. Tienen un viaje familiar a Palm Springs.

–Qué suerte que tengamos un hueco justo ese día, ¿verdad? –dijo Riya mientras le guiñaba el ojo y se dirigía hacia la oficina principal.

Las reservas habían bajado mucho en los últimos meses, por lo que el alivio que Yasmin sintió fue enorme. Se tomó su tiempo para leer bien el contrato, deteniéndose especialmente en la cláusula referente a la moralidad. Esme Hardacre había insistido mucho al respecto, en parte para controlar a su esposo, pero también para actuar como advertencia para cualquiera que quisiera intentarlo con él. Yasmin no se había parado a pensar mucho al respecto cuando pujó por el contrato y leyó el boceto de lo que sería el contrato final, pero en aquellos momentos, dado los extraños correos que estaba recibiendo…

Apartó a un lado su preocupación por aquella cláusula. Aquello no debía preocuparle. Cumplía estrictamente con los criterios de Esme y así seguiría siendo. No había más que pensar.

Centella se incorporó y empezó a ladrar. Evidentemente, ya había descansado lo suficiente.

–¿Quieres ir a conocer al resto del equipo? –le preguntó al perrito mientras volvía a ponerle la correa. Vamos. Les vas a encantar.

A medida que fueron pasando los días, volver a la rutina del trabajo resultó tanto satisfactorio como frustrante a la vez. Yasmin echaba de menos a Ilya a lo largo del día. Incluso Riya la había sorprendido mirando con anhelo por la ventana hacia el edificio de Horvath Aviation. Todos los empleados se habían puesto muy contentos con el nuevo contrato y habían empezado a cumplir con su trabajo con vigor y entusiasmo renovados. Yasmin se alegraba mucho de haberles podido asegurar que todo iba a salir bien. Si pudiera llegar al fondo de lo que le ocurría a Ilya, su felicidad sería completa.

Había empezado a utilizar su propia furgoneta para ir y venir del trabajo. Era mucho más antigua que cualquiera de los vehículos de Ilya, pero al menos era más adecuada para un perro. Ilya no había protestado cuando ella se lo sugirió, pero tampoco había sugerido ir con ella en el viejo Ford. Las dos últimas noches, Ilya había estado trabajando hasta muy tarde y se había metido en la cama mucho después de que ella se quedara dormida. Ciertamente, la luna de miel se había terminado.

Ilya fue a la casa de su abuela el jueves por la mañana. Mientras se bajaba del Tesla, se fijó en lo que había hecho Centella en la tapicería y decidió que tenía que acordarse de pedir cita para que lo repararan.

Se estiró el traje y se dirigió hacia la imponente puerta de la casa que su abuelo había ordenado construir para su amada cuando ganó el primer millón de dólares. El amor de Eduard por Alice se mostraba en cada detalle. Representaba un antiguo palacio húngaro. En California, debería haber resultado incongruente, pero con lo que se había hecho en los jardines y en la zona exterior, encajaba en su entorno como si llevara allí varios siglos.

La puerta principal se abrió e Ilya vio que Alice ya lo estaba esperando.

117

–Nagy –murmuró él mientras se inclinaba hacia ella para darle un beso en la mejilla.

Un suspiro de su fragancia lo envolvió, el aroma floral y empolvado que siempre asociaba con su abuela, fuera quien fuera la persona que se lo hubiera puesto.

–Mi niño –le dijo mientras le golpeaba cariñosamente la mejilla–, ¿qué te trae hoy por aquí?

–Tenemos que hablar.

La sonrisa de Alice se desvaneció de su rostro y su mirada se tornó seria.

–Bien. En ese caso, es mejor que entres y que vayamos al salón. ¿Te puedo ofrecer algo de comer o beber?

–No es una visita de cortesía.

Alice se tensó y se irguió aún más antes de dirigirse al salón privado, que era más íntimo y más personal que el que utilizaba para recibir a toda la familia o a grupos grandes de amigos.

–¿De qué se trata? –le preguntó.

Alice era muy directa. Ilya había heredado aquel rasgo de personalidad de su abuela, pero, en esos momentos, las palabras que estaba a punto de pronunciar parecerían groseras. Sabía que su abuela se tomaba muy en serio los emparejamientos. Cuestionarla sobre Yasmin era como cuestionarle su propia integridad. Sin embargo, su abuela tenía un gran respeto por la honestidad, por lo que él decidió ir al grano y hacerle la pregunta que llevaba torturándolo desde la cena con los Hardacre.

–¿Se casó Yasmin conmigo para conseguir un nuevo cliente?

–¿Cómo has dicho? –le preguntó su abuela, atónita.

Ilya explicó rápidamente la situación con los Hardacre. Alice no se rio de él por ser un idiota, sino que se reclinó sobre su butaca y lo estudió cuidadosamente.

–¿Y cómo hace eso que te sientas? Me refiero al hecho de pensar que te podría haber utilizado.

–Enojado y explotado.

–¿Has hablado con ella al respecto?

–Por supuesto que no.

–Sois marido y mujer, ¿no? ¿No deberías hablar con ella de lo que te preocupa antes de buscar consejo fuera? Si vuestro matrimonio ha de funcionar, y el modo en el que has reaccionado ante tus sospechas me hace creer que ya estás más que interesado en este emparejamiento, tienes que aprender a resolver esta clase de asuntos con ella.

Su abuela tenía razón. Tener que admitirlo le irritó aún más. Sin embargo, no evitó que hiciera la siguiente pregunta.

–Tú la investigaste, ¿verdad?

–Igual que mis empleados te investigaron a ti. Estuviste de acuerdo en ello, si te acuerdas, es un requisito fundamental para ser aceptado como cliente en Matrimonios a Medida. No hay excepciones.

Ilya la miró a los ojos.

–¿Y hasta dónde llegó tu investigación, Nagy?

Alice lo miró muy seria.

–Hasta donde fue necesario, mi niño.

–Sabes que fue víctima de una novatada, ¿verdad?

Una ligera inclinación de la cabeza de su abuela le dio la respuesta que estaba buscando.

–¿Cuánto tiempo? –le preguntó.

–Desde que por fin viste a Jennifer Morton como la persona que es en realidad. No te pensarás que no realicé una indagación muy discreta sobre lo que llevó a la ruptura de tu compromiso, ¿verdad? Regresaste a casa completamente destrozado. Tenía que saber por qué.

Alice lo había visto en sus mejores y en sus peores momentos, no una ni dos, sino tres veces, cuando perdió a las tres personas más importantes de su vida. Esas pérdidas y la cicatrices que habían dejado en él, le habían hecho contenerse. Y, por mucho que no quisiera recordarlo, con Yasmin seguía haciéndolo.

Alice contuvo la respiración antes de volver a hablar.

—Ilya, la única manera que existe para que una relación prospere es el amor y la sinceridad. Creo que los dos sois compatibles en el camino del amor, pero los dos necesitáis trabajar lo de la sinceridad. No te puedo decir nada que no puedas averiguar tú solo hablando con tu esposa. Solucionadlo entre vosotros. No dejes que tu orgullo o que lo que pasó con Jennifer estropee lo que podría ser lo mejor que os pasara a Yasmin y a ti.

—¿Pero y las razones…?

Alice levantó la mano para detenerle.

—No hay peros. Cada uno teníais vuestras razones para casaros. Lo que hagáis ahora depende de vosotros. No esperabas encontrar el amor y me imagino que Yasmin tampoco, pero los dos debéis estar juntos. No me canso de recalcarlo. Soluciona esto Ilya. Habla con tu esposa.

Alice se levantó. Ilya hizo lo mismo sabiendo que su abuela daba por terminada para conversación.

Mientras regresaba a casa, la mente de Ilya no paraba de dar vueltas. Nada de lo que Nagy hiciera debería sorprenderle y, sin embargo, aquel día había vuelto a sorprenderlo. Estaba totalmente convencida de que Yasmin y él debían estar juntos y, a vista de lo que estaba pasando, todo parecía apoyar esa convicción. El tiempo que Yasmin y él llevaban juntos había señalado la profunda compatibilidad que había entre ellos a todos los niveles. Entonces, ¿por qué le molestaba tanto que Yasmin pudiera haber utilizado su matrimonio para tener más posibilidades de conseguir el contrato Hardacre? Como su abuela le había hecho ver, él también había querido casarse con unos objetivos en mente: tener una compañera e hijos. Nunca había esperado amor.

No estaba siendo justo con Yasmin. Carter Air debía de estar pasando muchas dificultades. Era una industria muy difícil y, hasta el día de su muerte, Jim Carter había dirigido la empresa con muy poca fortuna. Ilya sabía que Yasmin era una mujer orgullosa, testaruda y decidida. Aquellas eran características que él conocía muy bien. ¿Se habría decidido él a casarse si el matrimonio fuera la solución si la situación de ambos fuera a la inversa? Si era sincero consigo mismo, sabía que haría lo que fuera necesario. Tal y como Yasmin había hecho.

Decidió que necesitaba compensar a su esposa por lo que le había hecho pasar. Nagy le había inculcado la sinceridad. Eso significaba que tenía que dejar de posponer la conversación con Yasmin sobre su presencia en la novatada. Tenía que abrir las líneas de comunicación entre ellos y abordar el tema como un ser humano razonable y racional y luego como un esposo que, verdaderamente, había comenzado a sentir algo por su mujer.

Capítulo Trece

Yasmin levantó la mirada del plan de vuelo para el día siguiente cuando recibió la notificación de un mensaje en la pantalla del ordenador. Abrió el correo. Un mensaje nuevo. Los pelos se le pusieron de punta cuando vio quién era el remitente. Suchica. No había recibido nada desde la noche de la cena con los Hardacre y había esperado que la persona en cuestión se hubiera cansado.

Aparentemente no.

Leyó el asunto. *Te lo advertí.* Entonces, pinchó el mensaje, pero no había contenido. Nada. Solo el asunto. ¿Qué significaba aquello?

El teléfono del escritorio comenzó a sonar, lo que apartó su atención de la pantalla del ordenador.

—Le llama Esme Hardacre —le dijo la recepcionista antes de pasarle la llamada.

—¡Esme, que agradable recibir noticias tuyas! Estaba finalizando el plan de vuelo para maña...

—Olvídalo. De hecho, olvídate de todo. Vamos a cancelar el contrato contigo —le dijo la mujer con voz fría y dura.

—¿Cómo? ¿Por qué? —consiguió preguntar Yasmin.

—Pensaba que eras de otra manera. ¿Iba a ser mi marido el siguiente trofeo? En realidad, necesitas ayuda.

—Esme, por favor, ¿me puedes explicar lo que está pasando?

Pero Esme ya había colgado. Yasmin marcó rápidamente el número de Hardacre Industries con dedo tembloroso. ¿Qué había pasado?

—Soy el ayudante de la señora Hardacre —le dijo una voz cuando Yasmin se identificó y le pidió que le pasara con la señora Hardacre.

—Necesito hablar con la señora Hardacre, por favor.

—La señora Hardacre no acepta llamadas.

—Mire, me acaba de llamar. Tengo que hablar con ella. Me gustaría que me diera una explicación.

—¿Una explicación? —le espetó el hombre—. Las fotos ya eran de lo peor, pero el vídeo es la explicación que necesitaban los Hardacre.

— ¿Qué vídeo? —preguntó Yasmin, aunque un escalofrío le recorrió la espada. ¿Era aquello a lo que Suchica se había referido con lo de la advertencia?

—Acabo de enviarle un correo —le respondió secamente el asistente antes de colgar.

Inmediatamente, el aviso de mensaje sonó en el ordenador. Yasmin movió el ratón para pinchar el nuevo mensaje. Se trataba de un reenvío e inmediatamente vio que el mensaje original lo había enviado Suchica. Como siempre, era muy breve.

Tenga cuidado en quien confía. Yasmin Carter no es tan ingenua como parece.

Había cuatro archivos adjuntos. Tres fotografías y un vídeo.

Yasmin tragó saliva y abrió la primera foto. La sangre se le heló en las venas al reconocer inmediatamente la imagen que le habían enviado a ella hacía dos semanas. Abrió las siguientes fotos y luego la otra y sintió ganas de vomitar, pero el vídeo era lo peor con mucho. Estaba grabado justo antes de que se tomara el último chupito de vodka y se metiera en el agua para su último desafío.

A pesar de que no recordaba gran parte de lo ocurrido aquella noche, se acordaba de retazos. Le habían puesto una venda en los ojos y le habían hecho dar muchas vueltas. Ella cayó de rodillas. Aún recordaba la sensación de la arena arañándole la piel y el vértigo y las náuseas que se apoderaron de ella. En el vídeo, se escuchaba cómo le pedían que se quedara en ropa interior a pesar de los gritos de las chicas que la rodeaban. Ella había tratado de ponerse de pie, de eso sí se acordaba, pero perdió el equilibrio y cayó de espaldas sobre la arena. Un juguete sexual apareció en el suelo junto a ella. Entonces, una voz le pidió que lo usara o se rindiera…

Yasmin cerró la ventana antes de ver el resto. Sintió que el estómago se le revolvía, por lo que se levantó rápidamente y se dirigió al cuarto de baño. Riya la miró con preocupación al verla correr.

–Yasmin, ¿te encuentras bien?

No podía hablar. Llegó al cuarto de baño justo a tiempo, tan solo con el tiempo justo para cerrar la puerta antes de que el estómago se le vaciara. Aunque no recordaba los detalles de aquella noche, había sido su peor pesadilla. Había hecho todo lo posible por olvidarlo, por superarlo, por resurgir. Y se lo habían mandado a un cliente. Fuera quien fuera la persona que estaba detrás de aquello, debía de odiarla mucho. Enviar aquellos archivos a los Hardacre había sido algo vengativo y cruel. Y le había hecho perderlo todo.

Volvió a sentir náuseas, pero ya no tenía nada en el estómago.

¿Qué pretendía Suchica? ¿Cómo iba a poder mantener a flote la empresa y pagar el préstamo? Tenía que denunciarlo a la policía. El daño que le había ocasionado aquel correo era criminal. Sin embargo, solo pensar que tendría que mostrarle los archivos a la policía y volver a vivir lo ocurrido aquella noche, se le volvió a revolver el estómago.

—¿Yasmin? —le preguntó Riya tras llamar suavemente a la puerta.

—Estoy bien. Saldré dentro de un minuto.

Volvió a ponerse de pie y tiró de la cadena. Entonces, se dirigió al lavabo, se enjuagó la boca y se lavó la cara con agua fría. Se miró en el espejo. Su rostro estaba muy pálido y los ojos enrojecidos. En realidad, se parecía muy poco a la muchacha del vídeo, pero las dos eran la misma persona.

Ilya le había dicho que lo ocurrido aquella noche no había sido culpa suya, pero ella sabía cómo lo verían los demás, porque era así tal y como ella lo veía. Podría haberse marchado antes de que la situación se desmadrara tanto y fuera incapaz de tomar decisiones sola. Podría haber parado al ver las actividades cada vez más degradantes que la cabecilla de la hermandad le proponía.

Sí, comprendía que los demás también eran culpables, pero, en lo más profundo de su ser, sentía que había sido ella la que había tomado la decisión de sacrificar su dignidad para encajar. Con lo que decidió hacer aquella noche, sacrificó todo lo que a su abuelo le había costado tanto construir y todo lo que ella se había esforzado tanto por conservar. Había vuelto a fracasar una vez más.

Riya seguía al otro lado de la puerta cuando Yasmin salió del aseo.

—Es algo que he comido —le dijo como explicación, para evitar que Riya siguiera preocupándose por ella.

Se marchó de nuevo en dirección a su despacho.

A mitad de camino, cambió de opinión y se dirigió a la puerta que conducía al hangar. Salió a la estructura de altos techos que su abuelo había construido de la nada hacía ya casi setenta años. El edificio que lo había consumido y que había sido su única fuente de satisfacción durante toda su vida laboral. El edificio que ella había puesto como aval para conseguir el préstamo para la boda. Miró el Beechcraft que ella había añadido a la pequeña flota, a los mecánicos que estaban poniéndolo a punto para el vuelo del día siguiente, un vuelo que ya no se llevaría a cabo.

Ese sería el primer avión que tendría que vender. Había optado por comprar en vez de alquilar, una costumbre que había heredado de su abuelo, y eso había dejado a Carter Air sin liquidez. Le encantaba volar en aquel avión, pero sin clientes, tendría que venderlo… esperaba que por lo suficiente para poder pagar el préstamo que había pedido para casarse.

Recorrió el hangar y sintió que el corazón se le rompía. Miró los aviones más pequeños. Tal vez podría venderlos a una escuela de pilotos que operaba cerca del aeródromo y así, si tenía suerte, poder recuperar algo de dinero. La desesperación amenazaba con ponerla de rodillas. Poco a poco, tendría que deshacerse de su flota y de sus empleados. Ya no le quedaban recursos. Se dirigió al hangar privado para ver su Ryan. También tendría que venderlo. Su avión, el hangar, el apartamento… no podría quedarse con nada si Carter Air quebraba. La pena y el dolor la embargaban, al tiempo que la preguntas no dejaban de darle vueltas en la cabeza. ¿Por qué? ¿Quién? ¿Qué pasaría a continuación?

Aspiró el aroma del combustible. Un olor que formaba parte de su ADN. Tal vez podría trabajar para otra persona, pero, ¿y sus empleados? Eran su responsabilidad y los había defraudado.

Yasmin sintió un movimiento a sus espaldas y notó un aroma a pino y a sándalo que ya le resultaba muy familia. Ilya. Se volvió hacia él.

—Me ha llamado Riya. Me ha dicho que no te encontrabas bien.

—No tenía por qué hacerlo. Como puedes ver, estoy estupendamente.

Ilya la miró atentamente.

—Pues no lo parece. Tal vez deberías dejar que te lleve a casa.

—Te aseguro que estoy bien. Además, tengo que ir a recoger a Centella del centro de día para perros.

No podía irse aún a casa, no cuando tenía que explicarle a su equipo que la situación había vuelto a empeorar. Que ya no había contrato. Ilya extendió una mano y le acarició la mejilla. Entonces, le mostró el dedo, húmedo por las lágrimas que ella ni siquiera se había dado cuenta que había estado derramando.

—A mí me parece que esto indica que no estás bien.

Yasmin cerró los ojos durante un instante y apretó los dientes. Entonces, se obligó a abrirlos de nuevo. Tenía que empezar a decir que había perdido el contrato. Podía empezar con él.

—Los Hardacre han cambiado de opinión. Ya no desean contratar nuestros servicios.

—¿Cómo dices? No pueden hacer eso. Tenéis un contrato.

Yasmin tragó saliva y apartó la mirada durante un momento.

—Teníamos un contrato. Había una cláusula de moralidad en la que ellos insistieron y a la que yo accedí.

–Vale, pero sigo sin ver por qué te han dejado tirada.

Yasmin respiró profundamente

–¿Te acuerdas lo que te dije de la novatada?

Ilya asintió.

–No veo qué tiene eso que ver.

–Parece que la conducta inapropiada no tiene fecha de caducidad. Alguien les ha enviado fotografías y un vídeo de esa noche. Como resultado, ellos ya no requieren mis servicios.

Ilya no se podía creer las palabras que acababan de salir de la boca de Yasmin. No era de extrañar que tuviera un aspecto tan demacrado. La tomó entre sus brazos. Ella aceptó el consuelo y le rodeó la cintura con los brazos. La pechera de la camisa de Ilya quedó muy pronto humedecida por las lágrimas. Él sintió que se le partía el corazón al darse cuenta de lo mucho que ella estaba sufriendo.

Había planeado contárselo todo aquella noche. Hablarle de Jen y de su propia implicación en la novatada y luego suplicarle perdón por no habérselo dicho antes y por no haber denunciado a Jen en su momento. Sin embargo, con el estado en el que se encontraba Yasmin, aquello era imposible.

En su opinión, la única persona que podía estar atacando a Yasmin de aquella manera era su antigua prometida. Si hubiera actuado antes, no habría ocurrido nada de aquello. Sin embargo, de una cosa estaba seguro: terminaría inmediatamente. Localizaría a Jen y se aseguraría de que se enfrentara a las consecuencias de sus actos. Sin embargo, primero tenía que ayudar a su esposa.

–Lo solucionaremos –le dijo con firmeza.

–No hay nada que solucionar. Voy a tener que liqui-
dar el negocio, no inmediatamente, pero sí a lo largo
de los dos próximos meses. Ahora mismo ganamos lo
suficiente para pagar la gasolina y los sueldos.

Ilya no sabía que la situación era tan complicada.

–Encontraremos la manera, Yasmin. Te lo prometo.

–¡No puedes prometer algo sobre lo que no tienes
control! –le espetó ella mientras lo empujaba para ale-
jarse de él.

Ilya le tomó la mano, decidido a mantener el contacto con su esposa para tratar de transmitirle confianza de
que podrían solucionarlo.

–Vamos a tu despacho. Podremos hablar mejor allí
y así podrás mostrarme las cuentas de Carter Air. Tiene
que haber algo que podamos hacer.

Varias horas más tarde, Ilya se apartó del ordenador
de Yasmin y se frotó el cuello para liberar tensión. Era
un milagro que hubiera podido mantener a flote la empresa tanto tiempo. Había sospechado que Carter Air había estado en mala situación mucho antes de que Yasmin
se pusiera al mando y sospechaba que la única manera
en la que ella había podido sobrevivir era recortando
dramáticamente los gastos para poder abaratar los contratos que ofrecía, pero no sabía cuánto.

Casi no ganaba un sueldo para ella, probablemente
lo mínimo para mantenerse y comprar gasolina para su
furgoneta y el Ryan. Sin embargo, no había realizado
recorte alguno en lo más importante: personal y man-
tenimiento.

Además, estaba el préstamo que había pedido para
la boda. Suspiró con frustración. Comprendía por qué lo

había hecho, pero no tenía una red sobre la que caer en caso de que las cosas no salieran bien, tal y como había ocurrido.

Había una solución, pero solo si su orgullo e independencia se lo permitían. ¿Lo aceptaría?

Durante un instante, se preguntó dónde estaría Yasmin en aquellos momentos si Carter Air hubiera echado el cierre antes de que ella se hiciera cargo. Si su abuelo hubiera dejado a un lado su propia incapacidad para admitir la derrota cuando estaba claro lo que iba a ocurrir desde muchos años antes. A Ilya le parecía injusto que Jim Carter le hubiera pasado aquella responsabilidad a su nieta. ¿Qué habría hecho ella sin aquella responsabilidad impuesta? ¿Y qué clase de marido era él que nunca se lo había preguntado?

–Es grave, ¿verdad? –le preguntó Yasmin.

–Sí, no te lo puedo negar, Yasmin. Has hecho un trabajo estupendo haciendo que la empresa siga funcionando hasta ahora, pero, como tú señalaste hace un tiempo, necesitas ingresos constantes y a largo plazo para salir del bache y entrar en una posición más viable.

–Y ya no lo tengo.

–¿Estás segura de que no estás dispuesta a hablarlo con los Hardacre?

–Lo he intentado –dijo ella con vehemencia–, pero ni siquiera me contestan al teléfono. Por lo que a ellos se refiere, he incumplido mi contrato y, para ser sincera, no quiero que esto se infle más de lo que ya está.

–¿Y no quieres que mis abogados se ocupen del tema?

Tal vez si su bufete se hacía cargo del asunto, podrían confirmar las sospechas de Ilya sobre la persona que había enviado aquellas fotos y el vídeo. Sin embargo, Yasmin se mostró firme.

–De ninguna manera.

–En ese caso, solo nos queda una cosa.

–Declarar la bancarrota.

–No, no. Al menos todavía no. Tengo una idea que podría permitirte seguir funcionando y poder salir adelante, pero creo que no te va a gustar.

Yasmin se mordió el labio inferior.

–No irás a decirme que me compras la empresa, ¿verdad?

–Es una opción. ¿Quieres que lo haga?

–No. Preferiría cerrar antes de hacer eso.

Ilya se sintió como si le hubiera dado un puñetazo en el estómago.

–Eso me deja claros tus sentimientos.

–Lo siento. No podría. No lo comprendes. Mi abuelo...

–Tu abuelo dejó que su orgullo y su amargura se interpusieran demasiado en su camino. ¿Vas a hacer tú lo mismo? –le preguntó con frustración. Estaba empezando a perder la paciencia con su hermosa pero testaruda esposa–. Está muerto, Yasmin. Y tú no. Te estás enfrentando a una situación económica muy complicada y no se trata solo de ti, sino de todos tus empleados y de los clientes que ahora tienes y que se verán también afectados. Pero veo que eres tan testaruda como el viejo. Necesitas ayuda.

Yasmin parpadeó y apartó la mirada. Ilya no quería volver a verla llorar. Las lágrimas de su madre siempre le habían superado y nunca se sentía tan indefenso en la vida como cuando veía llorando a una mujer, en especial si sentía algo por ella. No le gustaba haber tenido que ser tan franco, pero no había opción. Vio cómo Yasmin recuperaba la compostura y se volvía para mirarlo.

–¿Cuál es tu sugerencia? –le preguntó por fin.

–Que aceptes que Horvath Aviation te asigne sus contratos más pequeños –dijo. Levantó una mano para que ella guardara silencio–. No. Escúchame primero. No te lo ofrezco por pena. Se trata sencillamente de una decisión empresarial sobre la que llevamos un tiempo hablando en el consejo. Estamos considerando expandirnos con otra rama de Horvath Aviation que se concentre únicamente en el trabajo que tú haces. Como sabes, es un campo muy competitivo y, después de completar estudios, decidimos, que, con la flota que tenemos en la actualidad, no es viable para nosotros. Por lo tanto, esto es lo que te sugiero…

Ilya se pasó la siguiente media hora desglosando cómo pensaba él que podría funcionar.

–Al hacer esto, quiero concederte un préstamo personal para que puedas pagar el dinero que tomaste prestado para la boda.

–¡No! –exclamó ella poniéndose de pie.

Ilya la miró y deseó que ella comprendiera de dónde venía aquella oferta. Tenía que enmendar lo ocurrido, aunque no pudiera explicarle las razones en aquel momento. Un fuerte sentimiento de culpa se había apoderado de él. Si no hubiera permitido a Jen que le convenciera para que no denunciara lo ocurrido… Ojalá pudiera volver atrás en el tiempo. ¿Era eso lo que Nagy esperaba de él? ¿Que pudiera reparar el daño que sufrió Yasmin hacía más de diez años? Aceptaba el desafío. Siguió hablando con toda la persuasión que pudo insuflar en su voz.

–Te repito que es un préstamo personal, Yasmin. Entre tú y yo. No tiene que saberlo nadie más. Me lo podrás pagar cuando vuelvas a ganar lo suficiente para pagarte un sueldo, lo que te aconsejo que empieces a hacer cuando hayamos atado todos los flecos del acuerdo de subcontratación. O eso, o vas a tener que permitirme que invierta en Carter Air, personalmente o a través de Horvath Aviation. Ves lo que va a ocurrir tan bien como yo, Yasmin. Sin una inyección de dinero, no te quedará más opción que cerrar. No podrás pagar tu préstamo ni el combustible, los sueldos, los seguros… Tú eliges. ¿Vas a insistir en aferrarte a tu orgullo o vas a aceptar la mano que se te ofrece como genuina expresión de ayuda?

Capítulo Catorce

Nada de lo que Ilya le había dicho sorprendió a Yasmin y, sin embargo, una parte de ella aún quería insistir en salir sola de aquella situación. Vender algunos aviones para poder aguantar un poco más. Al mismo tiempo, sabía que no podía defraudar a sus empleados, que seguían confiando en que ella tomara la clase de decisiones que podrían darles un empleo estable. ¿Cómo iba a poder aguantar? ¿Aferrándose al esqueleto de lo que Carter Air había sido?

Sintió náuseas. Sabía que tenía que aceptar la ayuda de Ilya, al menos la oferta de la subcontratación. Sería un inicio, aunque quedaría atada tanto a él como a su empresa. Un mes antes, no habría considerado aquella oferta bajo ninguna circunstancia, pero, en aquellos momentos, era lo único que la separaba de la bancarrota. Se obligó a tranquilizarse y se reclinó en el asiento. Se apretó los muslos con las manos para intentar impedir que le siguieran temblando.

—Está bien.

Tenía que hacer todo lo posible por enmendar la situación para pararle los pies a Suchica antes de que pudiera hacer algo más. Tal vez si hubiera denunciado los anteriores correos a la policía aquello no habría ocurrido. En cuanto terminara de hablar con Ilya, iba a acudir a la policía.

—¿Está bien? —repitió él.

–Sí. Accedo a que Horvath subcontrate trabajo a Carter Air y acepto también tu oferta personal de un préstamo para pagar al banco el dinero que tomé prestado para la boda.

Solo con decir las palabras, sintió que el peso de la única responsabilidad se le iba quitando de los hombros. La sensación fue una liberación. Había insistido tanto en no implicar a Ilya en Carter Air en modo alguno, pero su ayuda había demostrado ser muy valiosa. No había habido ni culpa ni recriminaciones por su parte. Solo apoyo. ¿Era aquello lo que se sentía en un matrimonio de verdad? ¿Saber que alguien siempre te apoya, sin juicios ni recriminaciones?

Ilya suspiró y sonrió.

–Lo solucionaremos, ya lo verás. ¿Estarías también de acuerdo en que los de mi departamento financiero echaran un vistazo para ver lo que Carter Air puede hacer a largo plazo?

Yasmin lo miró sorprendida. Se imaginó las protestas de su abuelo de que pudiera estar considerando entregar tanto control a Horvath. Sin embargo, por lo que había visto en las últimas semanas, Jim Carter había estado muy equivocado sobre Ilya y su familia. Lo único que habían hecho era ayudar.

–Bien, haz lo que tengas que hacer, pero insisto en que se me implique en cada paso. No se tomará ninguna decisión sin mi consentimiento.

–¿Y qué me dices del correo que llegó a los Hardacre? ¿Me permitirías verlo?

–De ninguna manera. De eso me ocuparé yo.

Ilya extendió la mano por encima del escritorio y deslizó los dedos sobre el puño de Yasmin.

–Sé que esto no te está resultando nada fácil, Yasmin.

Me aseguraré de que mi gente te mantenga informada. Ahora, ¿te parece que nos vayamos a casa? –añadió poniéndose de pie.

Ella miró el reloj y vio horrorizada que debería haber ido ya a recoger a Centella.

–¡Oh, no! ¡Voy tarde!

–Le pedí a Hannah que fuera a recoger a Centella cuando fuiste a pedirle a Riya los archivos.

–Piensas en todo, ¿verdad?

–Estoy obsesionado por el control, ¿te acuerdas? –dijo él.

Ilya sonrió al ver que, a pesar de todo lo que estaba sucediéndole, Yasmin sonreía también.

–¿Cómo se me iba a olvidar? –respondió ella mientras recogía sus cosas–. Estás en tu elemento.

–Vamos juntos a casa –sugirió él–. Puedo volver a dejarte aquí por la mañana.

Yasmin estaba a punto de protestar, pero el agotamiento se lo impidió.

–De acuerdo, gracias.

–¿Cómo? ¿No vas a protestar?

–Estoy plegándome a tu obsesión por el control, ¿de acuerdo?

Ilya sonrió.

–Sí… Y Yasmin –le dijo mientras le agarraba la mano y entrelazaba los dedos con los de ella–, lo vamos a conseguir. Juntos haremos que salgas adelante.

«Eso espero», pensó Yasmin mientras salían del edificio para meterse en el coche de Ilya. Ella permaneció en silencio mientras regresaban a Ojai. No hacía más que pensar en todo lo que había ocurrido aquel día y en cómo Ilya había ido en su ayuda como si fuera un caballero andante. ¿Así era como iba a ser su extraño matrimonio? ¿Ella cometiendo errores y él acudiendo en su ayuda para resolverlos y haciendo que dependiera de él más y más? Le parecía una relación un poco desequilibrada además de ser poco propia de ella.

Sin embargo, fuera como fuera, no le quedaba más opción que aceptar su ayuda. Había tomado la decisión correcta para su empresa y para sus empleados. Sin embargo, había algo que solucionaría ella sola. Al día siguiente, se pondría en contacto con la policía.

Yasmin se fue temprano a la cama aquella noche, pero Ilya no le anduvo a la zaga. Ella sintió que el colchón cedía ligeramente cuando él se metía entre las sábanas. No habían hecho el amor durante días y, en aquellos momentos, no estaba segura de que lo deseara, pero su cuerpo ansiaba la cercanía con el de él. La sensación de estar a salvo entre sus brazos. Cuando él hizo ademán de abrazarla, Yasmin se dejó de buena gana. Acurrucó su cuerpo contra el de él y apoyó la cabeza sobre su torso. Así escuchaba los fuertes latidos de su corazón.

–¿Estás bien? –le preguntó él en la oscuridad.

–Estaré bien pronto. Tengo muchas cosas en la cabeza.

–Pero has tomado la decisión correcta.

Yasmin asintió. Sabía que en ocasiones las decisiones correctas no eran siempre las más sencillas.

–Te he echado de menos –añadió él mientras le acariciaba la cabeza.

–No fui yo la que se apartó.

–Lo sé y lo siento. Tenía cosas que solucionar.

–¿Y no podrías haberlo hablado conmigo?

Ilya contuvo el aliento y lo dejó escapar en algo parecido a una carcajada.

–Parece que los dos tenemos mucho que aprender sobre lo de estar casados y compartir, ¿no te parece?

Tenía razón, por mucho que a ella no le gustara admitirlo.

–¿Te parece si, en el futuro, acordamos que, si tú necesitas algo, recurrirás a mí en el trabajo y en casa? Soy tu marido. Tienes que decírmelo cuando algo vaya mal.

Yasmin se tensó. Entonces, recordó la ayuda y las sugerencias de Ilya. Sin ellas, Carter Air se estaría enfrentando a un futuro muy diferente.

–De acuerdo.

Pronunció las palabras de mala gana. Los años pasados como tabla de salvación de su abuelo le habían dejado huella.

Ilya la estrechó con fuerza entre sus brazos.

–Gracias –murmuró–. Haremos que esto funcione si trabajamos juntos.

A pesar de sus palabras, Yasmin se dio cuenta de que él no había dicho nada de acudir a ella para pedirle ayuda si era él quien la necesitara. ¿Acaso esperaba que él nunca la necesitaría? Tal vez se trataba de algo que estaba ocultándole. Algo que ella desconocía. Tal vez había algún plan oculto tras aquella oferta de ayuda…

Se dijo que debía dejar de ser tonta y aceptar la ayuda simplemente, sin sospechas. Sin embargo, era la digna nieta de Jim Carter e, incluso aunque Ilya le había ayudado aquel día de un modo que jamás hubiera anticipado, algo le olía mal.

***

Ilya se despertó con el dulce peso de Yasmin encima de él. Le deslizó un dedo por la espalda. La piel se despertó inmediatamente, con la piel de gallina por donde el dedo había pasado. Ella se estiró encima de él y el cuerpo de Ilya se despertó también, como siempre le ocurría cuando ella estaba cerca. La mano continuó su viaje hasta que los dedos comenzaron a acariciar la base de la espalda, donde esta se curvaba deliciosamente. Después bajó aún más, hasta cubrir la suave curva del trasero.

—Buenos días también para ti —murmuró contra su pecho.

Ilya tumbó a su esposa de espaldas sobre la cama y comenzó a besarle el cuello.

—Va a ser una mañana estupenda —le susurró al oído.

En ese momento, su teléfono comenzó a sonar.

—Ignóralo —le susurró ella también al oído.

Comenzó a acariciarle el torso, los costados y el vientre. El teléfono no dejaba de sonar.

—Voy a tener que contestar… —gruñó él con frustración mientras se apartaba de ella.

Lo tomó de la mesilla de noche y, al ver que se trataba del director general de su subsidiaria en la costa este, tocó la pantalla para aceptar la llamada. Resultaba difícil poder concentrarse en lo que le decía, porque Yasmin se había sentado en la cama y se había quitado el camisón con un único movimiento. Entonces, se lo tiró y él captó el aroma al agarrarlo y dejar que se le deslizara entre los dedos para caer sobre la cama. Los pezones de Yasmin estaban erguidos e Ilya sintió que el deseo se abría paso por todo su cuerpo.

Sin embargo, de repente, las palabras «ataque al corazón» y «hospital» captaron su atención.

–Llegaré en cuanto pueda –dijo cortando la llamada.

La culpa y la pena se apoderaron de él al pensar que tenía que dejar a Yasmin tan pronto después de lo ocurrido el día anterior. Además, antes de dormirse la noche, se había prometido que le hablaría aquel mismo día sobre el secreto que aún le ocultaba. No tendría tiempo de hacer las cosas bien, dado que su presencia se requería con urgencia en Nueva York. Le paró las manos, que habían empezado a acariciarle, y se las llevó a los labios para darle un beso en los nudillos.

–Lo siento. Voy a tener que confiar en que me guardes esto para otro día. Ha surgido una emergencia en una de nuestras subsidiarias.

El rostro de Yasmin cambió inmediatamente.

–¿Se trata de algo serio?

Se levantó de la cama para ponerse una bata. Se ató el cinturón.

–Desgraciadamente, sí. El director general de nuestra delegación en la costa este ha tenido un fuerte ataque al corazón. Me han avisado desde su teléfono. Tengo que ir a sustituirle durante unos cuantos días hasta que sepamos qué es lo que va a ocurrir.

–¿Y no hay nadie más a quien puedas enviar?

Escuchó en silencio la súplica que había en la voz de Yasmin y su vulnerabilidad lo afectó profundamente. Ojalá no hubiera sido Zachary Penney…

–Ese hombre es un íntimo amigo de mi abuela. Se lo debo a su familia, y a la mía, estar allí.

–Por supuesto. ¿Puedo hacer algo para ayudarte?

Yasmin se puso en acción inmediatamente y él le estuvo infinitamente agradecido. En un abrir y cerrar de ojos, le preparó una maleta mientras él se duchaba.

Cuando estuvo vestido y bajó a buscarla, vio que ella ya le había preparado su batido.

–Vas a lamentar no haber compartido tu receta conmigo –le dijo con una sonrisa mientras le entregaba el vaso–. He tenido que improvisar.

Ilya dio un sorbo, puso cara de asco y se tomó el resto de un solo trago.

–Tienes razón. Será lo primero que haga cuando regrese.

–¿Lo primero? –le preguntó Yasmin tímidamente mientras se trazaba la silueta del pezón a través de la fina tela de la bata. Ilya sonrió.

–Está bien. La segunda –respondió–. Gracias por todo. Te llamaré esta noche y no te preocupes. Le daré instrucciones al banco para que te realicen esa transferencia para que puedas finiquitar ese préstamo hoy mismo. Asegúrate de que tienes las cifras a mano, porque mi asesor bancario se pondrá en contacto contigo.

–No te preocupes de eso ahora. No es urgente.

–Me ocuparé de ello.

En el exterior, empezaron a escuchar el sonido de las aspas del helicóptero batiendo el aire.

–Parece que ya ha llegado tu transporte para el aeropuerto –dijo Yasmin. Dio un paso al frente y le rodeó el cuello con los brazos. Se apretó contra su cuerpo y volvió a besarle.

–Cuídate, ¿de acuerdo?

–Tú también.

Ilya se marchó y, en un abrir y cerrar de ojos, llegó al helipuerto. Metió la maleta en la parte de atrás antes de sentarse en el asiento izquierdo de la cabina. Cuando despegó, dio una vuelta alrededor de la casa antes de dirigirse al aeropuerto. Normalmente, gozaba con un desafío como aquel y ya estaría planeando cómo asegurarse de que todo se controlaba adecuada y eficazmente. Sin embargo, en aquella ocasión, cada célula de su cuerpo estaba pensando en la mujer que le estaba despidiendo con la mano desde abajo. Deseó que hubieran podido completar su mañana juntos y no tener que marcharse.

No estaba acostumbrado a desear a nadie de aquella manera. Por supuesto, quería mucho a su familia, pero con Yasmin era diferente. Después de perder a sus padres y luego verse traicionado por su prometida, siempre había creído que era una debilidad amar a alguien fuera del círculo inmediato de su familia. Sin embargo, ya no podía negar lo que estaba empezando a sentir por Yasmin.

Aquello era mucho más que una atracción, mucho más que deseo. Pensar que lo había utilizado para conseguir el contrato de los Hardacre le había dolido tanto que se había apartado de ella, como si hubiera estado buscando una razón para que su matrimonio fracasara. Le estaba muy agradecido a su abuela por sus consejos. Contuvo una sonrisa. La facilidad que la anciana tenía para dar consejos había dado en el blanco. Tenía que aprender a abrirse y lo mismo le ocurría a Yasmin. Como Nagy le había hecho ver, con sinceridad entre ellos podrían sacar aquel matrimonio adelante.

Ese pensamiento le recordó el secreto que le estaba ocultando. Si se lo decía, ¿se destruirían los frágiles vínculos que había entre ellos? Tenía que contárselo. Corría un grave riesgo al no hacerlo. El pasado siempre regresaba y, aunque no había sido uno de los instigadores de aquel tormento que ella había tenido que soportar, tanto entonces como recientemente, tenía que reaccionar para protegerla, tal y como debería haber hecho antes.

Aterrizó el helicóptero en el aeropuerto. Un Gulfstream lo estaba esperando.

Deseó habérselo dicho ya. Por supuesto, el momento adecuado habría sido cuando ella le contó lo ocurrido. Sin embargo, ya no podía dar vuelta atrás ni tampoco podía regresar a casa para hablar con ella. Tendría que esperar hasta que regresara. Encontraría la manera de decírselo todo porque no le gustaba tener aquel secreto interponiéndose entre ambos como una mancha maligna en su relación. A pesar de que Yasmin se había negado, tenía también la intención de descubrir quién le había enviado a los Hardacre aquel correo para poder llevarlo ante la justicia.

Ya no le bastaba con estar casado. Lo quería todo. Todo lo que suponía estar casado. Amor, honor, respeto, unión… Todo.

143

Capítulo Quince

Habían pasado cuatro días, y cuatro desesperadas noches, desde que Ilya se marchó. Para Yasmin, los días habían estado llenos de paseos y de juegos con el cachorro, de trabajo con los nuevos contratos que habían llegado a su escritorio procedentes de Horvath y con los vuelos a clientes al destino que hubieran solicitado. Sin embargo, las noches eran muy diferentes. El sueño era escaso y fragmentado. Con frecuencia, se pasaba la noche arriba y abajo, cuando el insomnio la impedía estar en la cama.

Ilya la llamaba todas las noches y ella estaba pendiente del teléfono mucho antes e incluso después de que se hubieran despedido, como si le costara cortar aquel efímero contacto con él. Una mirada en el espejo aquella mañana le dijo que echarle tanto de menos le estaba pasando factura. Tenía profundas ojeras en el rostro. Resultaba ridículo, cuando el siguiente fin de semana haría cuatro semanas que se habían casado.

Mientras dejaba a Centella en su cesta y se marchaba al despacho para encender el ordenador, pensó en la montaña rusa de emociones que aquellas semanas habían sido. Se había llevado trabajo a casa e Ilya le había dicho que podía utilizar su ordenador si lo necesitaba. Se sentó en la cómoda butaca de cuero y cerró los ojos durante un instante para imaginárselo allí sentado. Se moría de ganas porque Ilya regresara a casa.

¿Cómo era posible que se hubiera convertido en una parte tan vital de su vida? Ella siempre había sido una mujer autosuficiente, capaz de resolver sus propios problemas. La persona en la que podían apoyarse los demás. Aquello había sido una gran responsabilidad, pero, en aquellos momentos, era como si Ilya se la hubiera quitado de los hombros para hacerse cargo. De algún modo, tenían que encontrar un término medio. Ella no quería ceder todo su control y su independencia y sabía que él tampoco. No obstante, estaba segura de que lograrían hacerlo funcionar.

Ilya había cumplido su palabra y el dinero para pagar el préstamo había aparecido en su cuenta el día que él se marchó a Nueva York. Ella había ido a presentar una denuncia a la policía sobre el tema de los Hardacre, pero Yasmin no podía evitar la sensación de que había otro golpe a punto de caer sobre ella. No le gustaba sentirse así, como si a la vuelta de la esquina le esperara otra desagradable sorpresa.

Se pasó una hora examinando los papeles de la subcontratación de Horvath y realizando pequeñas anotaciones antes de escanear los documentos para enviárselos a sus abogados para que les dieran el visto bueno. Si Ilya había accedido a todo lo que ella había pedido, Carter Air tenía futuro.

Se reclinó en la silla y suspiró aliviada. Sabía que los negocios generaban más negocios. Trabajar con Horvath podría haber sido un infierno para su abuelo, pero, en aquellos momentos, era una bendición de Dios.

El acuerdo con Horvath estaba blindado. Sabía que Ilya cumpliría su palabra porque él era un hombre de fiar. Aquel mes le había enseñado mucho sobre él. No todo, evidentemente, pero ella estaba deseando descubrir lo que aún le quedaba saber sobre su esposo. A ella le encantaban las películas en blanco y negro, sobre todo las de Bogart y Bacall. Tal vez organizaría una velada de cine para los dos solos cuando regresara y le prepararía la cena.

Empezó a realizar la lista de la compra mentalmente para dársela a Hannah mientras abría el correo. Sin embargo, todos los pensamientos sobre películas y recetas desaparecieron cuando vio el nuevo mensaje que le estaba esperando en la bandeja de entrada. Yasmin tragó saliva.

Tu marido sabe mucho más de lo que te está diciendo.

–¿Qué es lo que quieres decir? –le gritó a la pantalla del ordenador–. Ya está bien de mensajes enigmáticos –añadió mientras se disponía a escribir una respuesta.

Ya me has hecho todo el daño que has podido. Ahora déjame en paz.

Pinchó el botón para enviar y fue a cerrar la ventana, pero llegó un nuevo mensaje.

¿Crees que ese es todo el daño que puedo hacerte? Él estaba en tu novatada. ¿Lo sabías?

–*Eso es mentira* –susurró Yasmin antes de teclear aquellas mismas palabras en el ordenador. Una vez más, envió el mensaje y esperó una respuesta. No tardó en llegar. Segundos más tarde, empezaron a llegar a su bandeja de entrada un correo tras otro, todos ellos con un adjunto.

Una fotografía apareció en la pantalla. Al identificar a las personas que aparecían en ella, Yasmin sintió que el vello se le ponía de punta. Era una fotografía de Ilya, más joven, por supuesto, pero tan guapo como siempre. Sin embargo, no fue Ilya lo que le provocó aquella reacción de horror, sino Jennifer Morton, la mujer que había creado desafío tras desafío y que había estado a punto de matarla. Iba del brazo de Ilya y estaba mirándolo a los ojos. Las sonrisas de ambos dejaban muy a las claras lo que sentían el uno por el otro.

Una a una, Yasmin fue abriendo el resto de las fotografías. Cuando llegó a la última, la cabeza le daba vueltas. Era una fotografía de Ilya recién despertado y en la cama, desnudo. En segundo plano, aparecía la fotografía de una mujer con un anillo de compromiso. La fotografía llevaba un comentario. «*¡He dicho que sí!*».

Llegó otro mensaje. Yasmin no pudo contenerse y lo abrió.

Él estaba allí aquella noche. Sabe lo patética que eres.

¿Ilya había estado allí?

Yasmin miró la pantalla con incredulidad. Los sentimientos se le acumulaban. Sorpresa. Asco. Ira... Principalmente, traición. Ilya lo sabía todo. La había visto en el peor momento de su vida. Había formado parte de su degradación. Había estado comprometido con Jennifer Morton.

¿Por qué le había estado ocultando la verdad? Ella se había sincerado con él aquel día cuando volaron en el Ryan. Por supuesto había omitido algunos de los detalles más sórdidos, pero prácticamente le había contado todo lo ocurrido aquella noche y el efecto que había tenido en ella. Los ojos se le llenaron de lágrimas hasta que ya no pudo ver la pantalla. Sin embargo, eso no sirvió para aplacar el dolor que le desgarraba el pecho por dentro.

Ella le había confiado su mayor temor y, sin embargo, él lo había sabido desde el principio. ¿Cómo podía haber permanecido impasible, escuchando cómo ella se desahogaba con él, sin decir nada en absoluto? ¿Había sido una especie de broma para él? ¿Se habría estado riendo de ella a sus espaldas por lo penosa que había sido por aquel entonces? ¿Seguiría en contacto con Jennifer y se estarían riendo los dos juntos? O peor aún, ¿formaba todo parte de un elaborado plan para arrebatarle su negocio? Ilya le había dicho que su empresa estaba buscando expandirse con la clase de clientes con los que trabajaba Carter Air, pero que no había sido viable. ¿Sería más viable absorber una empresa que ya existía?

Se sintió aliviada al pensar que se había negado a que él le comprara Carter Air. Estaba vinculada a él por un préstamo personal, pero su negocio, su vida, seguía siendo suyo. Además, estaban los subcontratos de Horvath. Ese pensamiento hizo que se sintiera muy incómoda. ¿Cuánto tiempo había estado planeándolo? ¿Estaba implicada Jennifer? ¿Formaban un equipo y ella seguía riéndose a espaldas de Yasmin?

¿Y Alice? ¿Estaba ella metida también? A pesar de que su instinto le decía que hablara inmediatamente con sus abogados para pedirles que le dijeran a los de Horvath que se metieran sus subcontratos por donde les cupiera, no podía hacerlo por sus empleados. Sin embargo, nada le impedía marcharse de aquella casa o seguir casada con un hombre que le había ocultado algo vital para ella.

Aquella noche no durmió nada. Se la pasó recogiendo todas sus cosas de la casa y metiéndolas en su furgoneta. Cuando Hannah llegó a primera hora de la mañana, Yasmin estaba funcionando exclusivamente por el café.

–¿Se encuentra bien, señora Horvath?

Yasmin consiguió contenerse. A pesar de las veces que le había dicho a Hannah que la llamar solo Yasmin o

148

si lo prefería, señora Carter, ella insistía en llamarla señora Horvath. Aquella mañana fue como frotar sal sobre una herida abierta.

—Solo un poco cansada, nada más —respondió mientras se disponía a servirse otra taza de café. Hizo un gesto de contrariedad al descubrir que la cafetera estaba vacía. Una vez más.

—Oh, permítame. Le haré más café —dijo Hannah—. Debe de estar echando mucho de menos al señor Horvath, ¿verdad?

Así había sido hasta la noche anterior. Le había echado de menos como si le hubieran quitado una parte vital de su cuerpo. Eso hacía que fuera aún más patética. Cerró los ojos una vez más al sentir de nuevo las lágrimas y sacudió la cabeza.

Se había pasado toda la noche tratando de comprender por qué él no le había dicho la verdad sobre Jennifer y su relación con ella. ¿Tanto le habría costado? Estaba agotada de haber tratado de descubrir los motivos, preguntándose qué clase de hombre era en realidad y por qué se había permitido enamorarse de él. Sentía que esa había sido la mayor traición de su vida. Ilya se había presentado ante ella como el hombre amable con el que siempre había soñado, pero, en realidad, era un falso.

Vio a Centella correteando por el patio y jugando con las hojas. Ilya se había mostrado tan compasivo con el cachorrito… Aquello también debía de haber sido una mentira. ¿Con qué propósito? No entendía nada. Lo único que sabía era que tenía que poner distancia entre ellos. No podía pensar allí, en aquella hermosa casa, porque todo le recordaba a él.

Centella entró corriendo del patio y se sentó a sus pies. Ella se inclinó para acariciarle la cabeza. ¿Qué iba a hacer con el perro? ¿Era suyo para que se lo pudiera llevar? Vivía en casa de Ilya, lo había cuidado su prima y todo lo había pagado Ilya. Por mucho que le rompiera el corazón, tendría que dejar allí a Centella.

De repente, oyó el sonido de un helicóptero que se acercaba a la casa. Se le hizo un nudo en el estómago. La noche anterior, Ilya no le había dicho nada de que fuera a regresar a casa al día siguiente. ¿Cómo iba a poder enfrentarse a él en aquellos momentos?

Ilya bajó del helicóptero y le mostró a Pete el pulgar tras sacar la maleta de la parte trasera. Entonces, se alejó del helipuerto. Estaba agotado, pero, tal y como Valentín había comentado la noche anterior después de cenar juntos, ¿qué estaba haciendo él en Nueva York cuando tenía una hermosa esposa esperándole en casa?

Habían sido unos días difíciles, pero se alegraba de que todo se hubiera solucionado. Zachary iba a recuperarse y, mientras lo hacía, todo estaba en buenas manos.

Ilya tan solo deseaba ver a su esposa. A pesar lo ocupado que había estado, no había podido dejar de pensar en ella ni un solo instante. La había echado de menos más de lo que hubiera creído posible. Había decidido darle una sorpresa y regresar a casa sin avisar, pero, con un helicóptero, se imaginaba que ella ya sabía que había regresado.

Se sentía muy nervioso porque sabía lo que le esperaba. Tenía que contarle que sabía lo de la novatada y todo lo que le ocurrió después con Jennifer, pero no sabía cómo reaccionaría ella.

Le sorprendió que no saliera de la casa para ir a recibirlo. Tal vez había salido a darle un paseo a Centella.

Tal vez tendría tiempo para darse una ducha antes de que ella llegara para que así pudieran retomarlo todo donde lo habían dejado antes de aquella llamada de teléfono.

Mientras bajaba por el sendero, oyó que el coche de Hannah se marchaba de la casa. Le resultó extraño que el ama de llaves se marchara tan temprano. Sin embargo, lo que le resultó extraño de verdad fue ver que la furgoneta de Yasmin estaba aparcada delante de la puerta de la casa cargada de maletas.

Abrió la puerta de la casa con un mal presentimiento que se convirtió en realidad cuando vio el rostro de Yasmin.

—No te esperaba —le dijo ella secamente.

Nada de bienvenidas, ni de sonrisas ni de besos.

—Bueno, quería darte una sorpresa —replicó él con una sonrisa—. Y parece que lo he conseguido, ¿verdad?

Ella lo miró con amargura.

—Sorpresa. Sí. Supongo que se podría llamar así.

Ilya tragó saliva. Aquello no iba como él había planeado. Cuando se marchó, parecía que ambos tenían la posibilidad de tener un fuerte futuro juntos. Incluso la noche anterior, cuando hablaron por teléfono, ella se había mostrado afectuosa y triste por su ausencia. ¿Qué había pasado entre aquel momento y el presente para transformar a Yasmin de aquella manera?

—¿Dónde está Centella?

—Hannah lo ha llevado al centro de día para perros.

—Entiendo.

En realidad, Ilya no entendía nada. ¿Por qué lo llevaba Hannah cuando el centro estaba cerca del aeródromo y Yasmin podía dejarlo de paso cuando fuera a trabajar? Miró a su esposa y trató de averiguar qué era lo que había cambiado. Extendió una mano para tocarla.

–Te he echado de menos…

Ella dio un paso atrás.

–Te ruego que no me toques.

–Yasmin, ¿qué demonios…?

–Dímelo tú –le espetó ella con furia en los ojos–. ¿Te acuerdas de Jennifer Morton?

Ilya se quedó atónito. Ella lo sabía. Ya era demasiado tarde.

–Por tu cara, veo que sí te acuerdas. Qué bien, pero una vez más, habría sido más agradable que me lo hubieras dicho tú.

–Eso no es justo, Yasmin. Apenas nos estábamos conociendo… Jen pertenece al pasado.

–Sí, exactamente. A un pasado que también es el mío, tal y como recordarás. Un pasado del que te hablé cuando me preguntaste cuál era mi mayor temor. A pesar de que me sinceré contigo sobre lo ocurrido aquella noche, no creíste necesario que supiera que tú, mi marido –añadió pronunciando la palabra como si le supiera amarga–, también estuviste allí esa noche.

–Te lo puedo explicar…

–Creo que ya ha pasado el momento de las explicaciones, ¿no te parece a ti también? ¿Tienes idea de lo traicionada que me sentí? Confiaba en ti. Y tú formaste parte de lo que ocurrió aquella noche. ¡Tú y ella! –exclamó asqueada–. Debería haberme mantenido firme cuando decidí que no me iba a casar contigo en el altar. Esta charada, este falso matrimonio, fue un desastre desde el principio. Ni siquiera puedo imaginar por qué te molestaste en casarte conmigo. Si lo único que querías era hacerte con mi empresa, podrías haber esperado a que me arruinara por completo para haberte quedado con los restos de Carter Air casi regalados. No tenías que tomarte la molestia de casarte conmigo o hacer que me enviaran esos correos amenazantes. Esto me recuerda a Jennifer. Me alegra saber que los dos seguís siendo tan amigos que está dispuesta a ayudarte. ¿Exactamente cuál es su papel en todo esto? ¿Estabas pensando terminar dejándome tirada cuando te hubieras cansado de jugar conmigo y renovar tu compromiso con ella?

Yasmin hablaba como si fuera una ametralladora. Las palabras eran como balas que penetraban en la cabeza de Ilya, pero que él no lograba comprender.

–Hemos terminado –prosiguió ella–. Te pagaré el préstamo en cuanto pueda. Seguir subcontratando de Horvath Aviation mientras se mantenga la oferta, pero no pienso seguir siendo tu esposa.

Salió de la casa y se dirigió hacia su furgoneta. Sin embargo, él llegó antes y apoyó el peso contra la carrocería para que ella no pudiera abrir la puerta.

–¿De qué correos estás hablando?

Yasmin soltó una carcajada.

–¿De todo lo que te he dicho, eso es lo único con lo que te has quedado? Mira, Ilya, gracias por los recuerdos y el sexo. Fue genial mientras duró, pero no puedo seguir casada con un hombre en el que no puedo confiar –concluyó. Se quitó la alianza del dedo y se la tiró–. Hemos terminado.

Capítulo Dieciséis

Ilya quiso detenerla, arrojarse delante de la furgoneta si era necesario. Sin embargo, vio el dolor y la determinación en el rostro de Yasmin y supo que nada ni nadie podría cambiar el modo en el que se sentía en aquellos momentos. Estaba furiosa con él, pero, más que eso, sangraba por dentro. Ilya estaba seguro de ello porque él estaba experimentando un dolor que nunca antes había sentido.

Mientras observaba cómo se alejaba la furgoneta de Yasmin de la casa, pensó que resultaba irónico que solo hubiera comprendido lo mucho que amaba a su esposa en el momento en el que ella lo abandonó. Había luchado contra el sentimiento, contra la verdad y, de repente, todo había desaparecido. El odio a sí mismo y los remordimientos se apoderaron de él.

Yasmin se negaba a escucharle y él lo aceptaba. Sin embargo, eso no significaba que tuviera que permanecer de brazos cruzados y aceptar que ella se marchara para siempre. Los dos debían estar juntos. Lo sentía en lo más profundo de su ser. No había deseado nunca a nadie del modo en el que la necesitaba a ella. Sacudió la cabeza. Y él que había pensado que perder el control era su mayor temor. No. Había sido un completo idiota. El amor había sido su mayor temor. Con eso, estaba seguro de que venía la pérdida de control, pero por fin había aceptado que el regalo del amor era más importante que cualquier otra cosa.

Decidió que recuperaría a Yasmin, fuera como fuera. Su reacción había sido comprensible. Solo esperaba que cuando todo pasara, ella estuviera dispuesta a escucharle.

Durante los siguientes días, Yasmin se centró en su trabajo. Se negó a hablar con nadie, incluso con Riya, a menos que tuviera que ver con el trabajo. Durante el día, trabajaba en el despacho o se hacía cargo de los vuelos que le correspondían. El hecho de que hubiera más vuelos disponibles procedentes de Horvath Aviation era una bendición, dado que ella había esperado que ocurriera todo lo contrario después de dejar a Ilya. El hecho de que él no hubiera cancelado su acuerdo la tranquilizaba. Tal vez había estado tratando de ayudarla con Carter Air. Después de todo, había maneras más fáciles de hacerse con la empresa que el enrevesado esquema que ella había ideado. Sin embargo, eso no le absolvía de haberle ocultado aquel secreto. En absoluto. La traición era insoportable. Todas las noches que habían pasado juntos... Ilya había tenido oportunidades de sobra para sincerarse.

Decidió que no iba a permitirse pensar en él. Si se despertaba por la noche con el cuerpo lleno de deseo, se le rompía el corazón y comenzaba a llorar porque, una vez más, había estado soñando con él. Decidió que lo superaría igual que había conseguido superar todo lo malo que le había ocurrido en la vida.

Cada día había recibido un mensaje o un correo electrónico de él y, cada día, los borraba sin piedad. La noche anterior había tenido las agallas de presentarse en su apartamento, de llamar a la puerta y de pedirle que si podía hablar con él. Ella había permanecido en el sofá sin moverse, mirando en silencio la puerta y deseando que él se marchara antes de que se le ocurriera hacer una estupidez, como dejarle entrar.

No había más comunicación entre ellos, a no ser que se ocuparan los abogados. Yasmin no necesitaba más recordatorios de lo estúpida que había sido al pensar que se había enamorado de un hombre que no solo había sido testigo de su mayor humillación, sino que había formado parte de ella. Trató de recordar si lo había visto aquella noche con Jennifer, pero las únicas imágenes que podía recordar eran de Jennifer en su papel de reina, rodeada del resto de las componentes de la hermandad.

Eso significaba que Ilya había estado en un segundo plano. Observando. Se echó a temblar. Ya no importaba el papel que él hubiera representado en lo ocurrido aquella terrible noche. Además, por suerte, Suchica parecía haber desaparecido también de su vida. Los correos habían dejado de llegar. Solo esperaba que, al menos, Suchica la dejara en paz tras haber conseguido su objetivo. La policía le había aconsejado que la bloqueara de su correo.

Suspiró y miró las propuestas que se le acumulaban en el escritorio. Cada una era una propuesta de negocio, que había revisado una y otra vez para hacerlas todo lo atractivas que fuera posible. Necesitaba nuevos clientes para poder dejar el trabajo que le llegaba a través de Horvath.

De repente, se escuchó un sonido en la oficina principal. Le había parecido un ladrido. Se levantó rápidamente de la silla para ir a ver.

–¡Centella! –exclamó mientras caía de rodillas y aceptaba el cariñoso saludo del cachorro, que había conseguido zafarse de la correa para ir corriendo hacia ella.

–Lo siento, Yasmin –dijo Riya, que iba corriendo detrás del cachorro–. Ilya lo trajo hace un momento y me lo dio, pero no pude agarrar bien la correa y echó a correr. Sabía muy bien dónde estabas y no pude detenerlo.

–No pasa nada –dijo Yasmin enterrando la cara en el pelaje del perro para inhalar su aroma–. ¿Ilya ha estado aquí?

–Solo un momento. Me pidió que te diera esto.

Le entregó a Yasmin un sobre. Lo primero que se le ocurrió fue quemarlo, porque no quería saber nada del hombre que lo había escrito. Sin embargo, como había llevado a Centella y se lo había dejado, suponía que, solo por eso, se merecía que lo leyera.

–Y también ha dejado la cama, la comida y los boles de Centella.

–¿Cómo? –preguntó Yasmin muy confusa.

–Bueno, ¿vas a abrir la carta?

–Dentro de un minuto –respondió Yasmin mientras se ponía de pie y le ordenaba al perro que se sentara.

Para su sorpresa, el cachorro lo hizo a la perfección y a la primera. Ella le felicitó antes de deslizar el dedo por debajo de la solapa del sobre para poder abrirlo. La mano le temblaba un poco cuando sacó la hoja de papel que había en su interior.

–Venga, Yasmin. El suspense me está matando –le dijo Riya.

Yasmin miró con desaprobación a su amiga antes de desdoblar la hoja. Contenía una única frase.

Te echa mucho de menos.

Le dio la vuelta al papel, pero vio que no había nada más escrito.

–¿Qué dice? –le preguntó Riya.

–Toma, léelo tú misma.

Yasmin le entregó el papel a su amiga y se preguntó por qué una simple carta le había acelerado de tal manera los latidos del corazón.

–Vaya… no es muy expresivo, ¿verdad?

–No es muy nada. Mira, si vuelve a aparecer por aquí, pídele que se marche, ¿de acuerdo?

–Si tú lo dices, jefa. ¿Quieres que le pida a uno de los chicos que lleve las cosas de Centella a tu apartamento?

–Te lo agradecería mucho.

Yasmin chascó los dedos y el cachorro la siguió hasta su despacho, donde se dejó caer en el suelo con un suspiro de felicidad. Entonces, cerró los ojos.

–Sí, a mí no me importaría hacer lo mismo….

Trató de volver a centrarse en las propuestas, pero no hacía más que mirar al cachorro y pensar en el hombre que lo había llevado hasta allí. ¿Por qué se lo había dado? Ilya adoraba a Centella tanto como ella. ¿Estaba tratando de manipularla de algún modo? ¿Acaso esperaba que hicieran una especie de régimen de visitas?

–Bueno –gruñó, haciendo que el perro abriera los ojos y levantara un poco las cejas para mirarla–, una cosa es segura, jamás sabré lo que le pasa por la cabeza a ese hombre y es mejor que no lo sepa.

Ilya contestó el teléfono y apartó durante unos instantes la mirada del hangar de Carter Air, que estaba tan solo a unos doscientos metros de allí.

–¿Sí? –preguntó con voz seca y brusca.

–Buenos días para ti también –replicó la voz de su abuela–. Veo que tu mal genio no ha mejorado desde que Yasmin te dejó. Estoy empezando a comprender por qué lo hizo.

Ilya cerró los ojos y se tragó lo que le iba a responder a su abuela.

–Lo siento, Nagy –le dijo mientras trataba de contener toda la frustración y la tensión–. ¿Cómo estás hoy?

–Cansada, mi niño.

Ilya se incorporó en su butaca. ¿Cansada? Nagy nunca admitía problemas físicos.

–¿Te encuentras bien? ¿Has ido al médico?

Alice se echó a reír.

–No me refiero a esa clase de cansancio, sino cansada del tiempo que te está llevando solucionar este problema. Esperaba más de ti, Ilya.

–Es muy testaruda, Nagy. Estoy en ello.

–Bueno, pues esfuérzate más. Si de verdad quieres demostrarle lo mucho que significa para ti y lo mucho que deseas que regrese a tu lado, tienes que comprender por qué se marchó en primer lugar.

–Sé por qué se marchó. Cree que yo traicioné su confianza.

–En ese caso, lo mejor es que la recuperes, ¿no?

Antes de que Ilya pudiera contestar, Alice colgó el teléfono. Él colgó también sacudiendo la cabeza. Su abuela era tremenda, pero tenía razón. Llevaba dos semanas desde que perdió a Yasmin y había estado tratando de recuperarla intentando apelar a los sentimientos. Y ella le había impedido cualquier tipo de avance. Tenía que intentarlo desde un punto de vista totalmente diferente.

Si pudiera localizar a Jennifer y ver si, tal y como él sospechaba, estaba implicada en aquel asunto. Pero hasta aquel momento no había conseguido nada. No tenía acceso a los vídeos y fotografías que se habían enviado a los Hardacre ni tampoco sabía cómo Yasmin se había enterado de su presencia en el lago aquella noche. ¿Por qué iba Jennifer a correr el riesgo de volver a sacar el tema después de tantos años? Aún podía tener problemas por ello. De hecho, Ilya tenía intención de investigar un poco el asunto cuando la hubiera localizado. Sin embargo, podría ser que la responsable fuera otra persona que hubiera estado allí aquella noche.

Se obligó a pensar con lógica y a recordar exactamente lo que Yasmin le había dicho cuando regresó de Nueva York.

La mañana que se marchó, mencionó unos correos electrónicos. Si Ilya pudiera verlos… Entonces, se dio cuenta de una cosa. El ordenador estaba estropeado y lo habían llevado a un taller para que lo arreglaran. Normalmente comprobaba el correo en su teléfono, pero existía la posibilidad de que lo hubiera hecho desde el ordenador que él tenía en casa. Así lo esperaba.

Se levantó de la silla, se puso la chaqueta y salió.

Llegó al Tesla unos minutos más tarde. Arrancó el vehículo, que aún tenía las marcas de dientes de Centella en el reposabrazos y enfiló el coche hacia la carretera de Ojai. Cuando llegó a su casa, entró y cerró la puerta principal de un portazo. La casa estaba en silencio, lo que significaba que Hannah ya se había ido a su casa. Se alegró. Apreciaba mucho a su ama de llaves, pero no estaba con ánimos de conversación en aquellos momentos.

Se dirigió al despacho. Al llegar, se quitó la americana y la dejó en el respaldo de la butaca. Entonces, encendió el ordenador. Abrió el buscador e inmediatamente fue a mirar el historial. Aliviado, vio una URL que debía corresponder al servidor del correo de Yasmin. Por fin tendría algo concreto con lo que trabajar.

Por supuesto, para que pudiera conseguir algo, Yasmin tenía que haber permanecido registrada en su cuenta de correo cuando apagó el ordenador para que él pudiera conseguir algo. Pinchó el enlace y contuvo el aliento.

Un profundo alivio se apoderó de él cuando la bandeja de entrada del correo de Yasmin apareció en la pantalla. Sabía que no estaba bien invadir su privacidad de aquel modo, pero tenía que hacerlo. No podía seguir luchando por ella sin saber a lo que se estaba enfrentando. Examinó los mensajes leídos, en especial los que recibió la noche antes de que él regresara a casa.

Había más de quince mensajes del mismo remitente y cada uno de ellos tenía un adjunto. Cuando abrió el último, la fotografía que Jennifer tomó la mañana después de que le pidiera matrimonio, la ira se había apoderado de él. Jennifer pagaría por ello y lo pagaría muy caro.

Agarró el teléfono y llamó al departamento de informática de Horvath Aviation y pidió que le pasaran a su prima Sofia. Ella era un genio de los ordenadores y podía descubrir cualquier cosa. También era una persona muy discreta. Ilya le explicó lo que necesitaba y le permitió que accediera remotamente a su ordenador. Colgó y esperó. No tardó en ver cómo el cursor se movía solo por la pantalla.

Ella le devolvió la llamada unos minutos más tarde.

–Tenías razón. Trató de cubrir su rastro, pero no es tan buena como se cree. He tardado un rato en descubrirlo por los muchos alias que ella ha utilizado, pero toda la actividad sale de una cuenta registrada a nombre de Jennifer Morton.

–Gracias, Sofia. Te debo una.

–Me la apuntaré a la lista –comentó ella riendo–. ¿Hay algo más con lo que te pueda ayudar? ¿Tal vez rastrear a la señorita Morton?

–No será necesario. Ya me ocupo yo desde aquí.

–De acuerdo. Sin duda, te veré en la próxima boda de la familia.

–¿Próxima boda?

–¿No te has enterado? Nagy ha atrapado entre sus garras a Valentin. Parece que él estaba tan impresionado con la novia que te encontró a ti, que le dijo si le podía buscar una a él. Seguramente estaba bromeando, pero ya conoces a Nagy. No va a dejarlo escapar.

–¡Qué raro! No me dijo nada cuando lo vi hace poco…

En realidad, no tenía nada de raro. Valentin siempre había sido una persona extremadamente reservada. Ilya sabía que ya había estado casado antes. Había sido una relación fugaz que había ocurrido en ultramar, mientras él trabajaba en una misión internacional de ayuda médica. Cuando regresó a los Estados Unidos hacía cinco años, Valentín empezó a trabajar para Horvath Pharmaceuticals, principalmente desde Nueva York. Ilya se preguntó si su primo tendría tantas ganas de casarse cuando supiera el modo en el que Ilya había estropeado el suyo. Hasta aquel momento, tan solo Alice conocía la noticia de su separación. A Alice le había hecho prometer que guardaría silencio porque se negaba a creer que no pudiera recuperar a su esposa.

Esperaba que, con toda la información que Sofia le había dado, no tuviera que contárselo a nadie más de la familia. Tenía la intención de localizar a Jennifer Morton y hacer lo que debería haber hecho tantos años atrás.

–Sí, bueno, ya conoces a Valentin –dijo Sofia sacándole de sus pensamientos–. Lo único que puedo decir es que es mejor que Galen mantenga la boca cerrada. Si no tiene cuidado, Nagy le va a cortar sus alas de playboy muy pronto.

Ilya se echó a reír.

–En ese caso, si vamos en orden de nacimiento, tú serás la siguiente.

–Bueno, bueno, no hablemos de eso –se apresuró a decir Sofía–. Bueno, si no quieres nada más…

Ilya sabía que, en cuanto centraran la conversación en su vida privada, Sofía daría por terminada la conversación.

–No, pero muchas gracias de nuevo.

Cuando Ilya colgó, realizó una anotación para que no se le olvidara mandarle a Sofía una caja de su vino favorito. Entonces, volvió a centrarse en localizar a Jen. No creía que, con las redes sociales, le resultara muy difícil.

Resultó más complicado de lo que había pensado en un principio. Si tenía alguna cuenta en redes sociales, eran privadas. Ilya empezó a buscar los nombres de amigos comunes de ambos para tratar de localizarla. Estaba a punto de rendirse y llamar a un detective privado cuando una de las componentes de la hermandad respondió al mensaje privado que él le había enviado. Le dijo que Jen estaría encantada de volver a tener noticias suyas.

Aparentemente, su ex estaba viviendo en un tráiler a las afueras de Las Vegas. Tras trazar el plan de vuelo de cabeza, le dijo que podría estar allí aquella misma noche.

Se levantó inmediatamente y salió para tomar el coche. Había llegado el momento de detener la crueldad de Jen de una vez por todas y, al mismo tiempo, recuperar a Yasmin.

Capítulo Diecisiete

Aparcó el coche de alquiler junto a un tráiler que estaba algo separado debido seguramente al mal estado en el que se encontraba. La pintura se le estaba pelando y había malas hierbas por todo el solar. Una de las ventanas estaba rota y cubierta con un trozo de cartón. Decidió que no iba a perder ni un solo instante. Bajó del coche y llamó a la puerta.

–Vaya… Hola, guapo –dijo Jen cuando abrió la puerta. Su cuerpo desprendía el aroma agrio del alcohol. Resultaba tan fuerte que a Ilya se le revolvió el estómago.

La miró atónito. Los años no la habían tratado bien. Seguía llevando el cabello de la misma manera, pero estaba sin peinar y parecía que no había visto el champú desde hacía varios días. Su piel tenía un aspecto apagado y, con toda seguridad, estaba borracha o drogada. O las dos cosas, pero Ilya no había ido a preocuparse por su bienestar.

–¿Por qué lo hiciste?

–Estoy bien, muchas gracias. ¿Y tú? –respondió ella con una astuta sonrisa–. Ha pasado mucho tiempo.

–No te andes por las ramas, Jen. ¿Por qué lo has hecho? ¿Por qué hacerle más daño a Yasmin del que ya le habías hecho?

Ella le miró a los ojos y, durante un instante, a él le pareció ver desafío en ellos. Sin embargo, instantes después ella apartó la mirada y agachó la cabeza.

–Es mejor que entres.

A Ilya no le apetecía lo más mínimo, pero no le quedaba más remedio que hacerlo si quería conseguir las respuestas que buscaba.

–Siéntate –le dijo ella mientras le indicaba un roñoso sofá cubierto de revistas y periódicos. La mesita estaba llena de botella de vino y de vasos sucios.

–No, gracias. Permaneceré de pie.

Jen tomó un paquete de cigarrillos y se puso uno en la boca. Entonces, lo encendió con mano temblorosa. Aspiró profundamente y exhaló el humo. Evidentemente, no tenía ninguna prisa por hablar.

–Sé que estás detrás de los correos. Lo que no sé es por qué.

Ella se encogió de hombros y volvió a tomar una calada de su cigarrillo.

–Se lo merecía.

–¿Cómo has dicho?

–¿Por qué debería tenerte a ti cuando yo no pude? ¿Vivir la buena vida cuando lo único que yo tengo es esto? –dijo mientras señalaba a su alrededor–. Vi la reseña sobre vuestra boda en una de esas revistas. Para serte sincera, cuando me enteré de que te habías casado con ella, no me lo podía creer. Ella precisamente. Ella fue la razón de que me dejaras. No entiendo por qué se tiene que quedar ella contigo. Me enfureció, así que le envié un mensajito. No hay delito en eso.

Ilya no se podía creer lo que estaba escuchando.

–Lo que hiciste fue amenazarla y eso es un delito.

Ella lo miró fijamente. En aquella ocasión, Ilya vio miedo en sus ojos.

–No puedes demostrar nada.

–Claro que puedo, Jen. Es muy fácil demostrar que

165

tú enviaste esos correos a Yasmin y a los Hardacre. Así es como te he encontrado.

Jennifer había sido una mujer inteligente en la universidad. ¿Cómo había terminado así?

–Así que me has encontrado… ¿Y qué vas a hacer conmigo ahora? A mí se me ocurren unas cuantas cosas –susurró. Apagó el cigarrillo y dio un paso hacia él al tiempo que extendía la mano para tocarle–. Estábamos bien juntos… Podemos volver a estarlo.

Ilya contuvo la ira que se había apoderado de él. Le agarró la muñeca y con un gesto de desprecio le apartó la mano.

–Eso no va a ocurrir nunca.

–Qué pena…

–Vas a tener que enfrentarte a los cargos que se van a presentar por esto.

–¿Quién lo dice?

–Yo. Ya he presentado una denuncia en la policía y les he enviado los correos que enviaste a mi esposa –le espetó mientras ponía más énfasis en las última dos palabras–. También me he puesto en contacto con los Hardacre. Van a cooperar con la investigación.

–Siempre el ciudadano ejemplar, ¿verdad? –se burló.

–Mira, dejé que acosaras a Yasmin en una ocasión, pero no voy a volver a consentirlo. Podemos hacer que esto sea fácil o duro para ti…

–Siempre me ha gustado duro –replicó ella con una sórdida sonrisa. Ilya la ignoró y se preguntó qué fue lo que vio en ella.

–Bien, de un modo u otro, vas a tener que enfrentarte a una denuncia, pero si quieres algo de benevolencia, vas a tener que cooperar conmigo. Depende de ti.

Jen sorbió por la nariz y tomó otro cigarrillo.

–¿Y qué saco yo? ¿Qué es lo que esperas que haga?

–Para empezar, enviarás una disculpa escrita a mi esposa por tus actos pasados y recientes. También le explicarás a Esme Hardacre, en persona, por qué saboteaste el contrato de mi esposa.

–¿Y si no lo hago?

–En ese caso, me aseguraré que caiga sobre ti todo el peso de la ley y le pediré a la policía que añada también cargos sobre lo ocurrido durante la novatada. Gracias por las fotos que le enviaste a Yasmin. Estoy segura de que podremos presentar un buen caso.

–Eres un canalla… No me dejas elección alguna, ¿verdad? Bien. Lo haré. Aunque dejar todo esto atrás me va a resultar muy duro.

Ilya no podía soportar estar dentro del tráiler ni un instante más. Salió mientras ella recogía sus cosas. Hasta que no estuvieron en el avión rumbo a California, Ilya no empezó a pensar que tal vez, solo tal vez, podría recuperar a su esposa.

Yasmin había tenido a Centella una semana entera y agradecía la compañía. Le escuchaba mientras se lamentaba y mientras lloraba. Poco a poco, y en parte gracias a él, se iba recuperando de la tensión de las últimas semanas. Aún no estaba del todo bien, pero cada día se encontraba más fuerte.

A pesar de todo, echaba de menos a Ilya. El anhelo que tenía por él se traducía un profundo dolor físico. Ahogaba sus penas en el trabajo y en los largos paseos que le daba a Centella. En ocasiones, para que socializara con otros perros, lo llevaba al centro de día para perros. Allí estaba en aquellos momentos, pero Yasmin no hacía más que mirar el reloj porque faltaba poco para ir recogerlo.

Alguien llamó a la puerta de su despacho. Yasmin agradeció la interrupción. Últimamente, parecía que se pasaba más tiempo en el despacho que volando.

–¿Qué pasa, Riya? –le preguntó a su amiga. Esta la miraba desde la puerta con un gesto de incertidumbre.

–Esme Hardacre ha venido a verte. Dice que es muy importante.

Yasmin sintió que el corazón le daba un vuelco.

–¿Dices que ha venido a verme?

–Así es.

Yasmin se tomó un minuto para ordenar el escritorio y para mirar el aspecto que tenía en el pequeño espejo que había detrás de la puerta. Se retocó un poco el brillo de labios, que era prácticamente el único maquillaje que utilizaba, y se mesó el corto cabello. Entonces, se cuadró de hombros.

–Por favor, hazla pasar –dijo por fin. Respiró profundamente. Había llegado el momento de ver qué era lo que quería Esme Hardacre.

Capítulo Dieciocho

Cuando Yasmin entró con Centella en su apartamento aquella tarde, se sentía agotada. La reunión con Esme Hardacre había resultado incómoda y sorprendente. Lo más importante de todo era que la señora Hardacre había ido a disculparse. En pocas palabras, le había contado que Jennifer Morton se había presentado en su despacho y que había admitido haber enviado a Hardacre Corporation las malditas fotos. Además, había admitido que estaban sacadas de contexto.

Según le contó también Esme, Ilya había localizado a Jennifer y, tras llevarla a Hardacre, la había entregado a la policía. Esme sentía muchísimo todo lo ocurrido y le había preguntado a Yasmin si consideraría volver a firmar de nuevo el contrato con ellos.

Yasmin había sentido deseos de decirle a Esme Hardacre lo que podía hacer con su contrato, pero, por suerte, el sentido común había prevalecido. Yasmin había terminado la conversación pidiéndole unos cuantos días para considerar la propuesta y así lo habían dejado.

¿Podría realizar negocios con alguien que había sido testigo de la degradación que había sufrido? ¿Vería censura o, peor aún, pena, cada vez que los mirara a los ojos? No sabía qué hacer. Económicamente, sería excelente volver a renegociar los términos. Además, tenía que admitir que sentía admiración por la mujer que se había presentado en persona para disculparse. Lógicamente, en el mundo de los negocios no debía haber hueco para las emociones. Tal vez también había llegado el momento de dejar de permitir que aquella noche marcara el resto de su vida.

Cuando estaba despidiéndose de Esme, llegó un mensajero con un sobre dirigido a ella. En su interior, había una carta de disculpa muy detallada y que iba firmada por Jennifer Morton. Una profunda alegría se había apoderado de ella. Por fin podía decir con alivio y seguridad que el tema de Jennifer había terminado para siempre.

Mientras recalentaba la comida que se había comprado la noche anterior, le dio a Centella su cena. Después de cenar, sacó al perro para que hiciera sus necesidades. Mientras paseaba, aceptó por fin que se había permitido ser una víctima durante demasiado tiempo. Había permitido que, desde aquella noche, lo ocurrido marcara todo lo que hacía para siempre.

Lo ocurrido había sido muy desagradable, pero, alimentando su miedo, ella lo había empeorado aún más. Había creído que lo había dejado atrás, pero no era así porque nunca se había enfrentado cara a cara con lo que había ocurrido. Al leer la disculpa de Jennifer, en la que mencionaba que Ilya la había localizado y la había obligado a contar la verdad, vio que Jennifer no era un ogro al que temer. Era tan solo un ser humano con sus debilidades y sus contradicciones. Sin embargo, por fin había llegado el momento de que Yasmin volviera a retomar el control de su vida.

¿Por dónde empezar? ¿Por el contrato Hardacre? ¿Por Ilya?

Solo pensar en su marido le producía un anhelo tan fuerte que le llenaba los ojos de lágrimas. Entonces, sintió que Centella le golpeaba las piernas con la cola y parpadeó para regresar al presente.

—Venga, chico. Vamos a casa.

El perro subió muy contento las escaleras. Había crecido mucho desde que lo encontraron hacía seis semanas. Yasmin tragó saliva para aliviar el nudo que se le hizo en la garganta. Tantas cosas habían cambiado desde entonces…

Se preguntó si podría esperar que las cosas entre Ilya y ella se pudieran solucionar. ¿Se atrevería a volver a confiar en él? A pesar de todo lo que había hecho para localizar a Jennifer y conseguir que ella se enfrentara a su mal comportamiento y se disculpara por todo lo que había hecho, Yasmin no podía olvidar que él le había ocultado deliberadamente la verdad de su implicación en lo ocurrido aquella noche. Jennifer le había dicho en su carta que él no había participado en la novatada y que solo había llegado al lago al final. Sin embargo, había estado presente. ¿Qué papel habría tenido él en lo ocurrido?

Centella entró corriendo en el dormitorio y fue a tumbarse en su cama con un suspiro de satisfacción. Ella encendió la televisión y fue mirando los canales sin encontrar nada que le gustara. Al final, terminó por apagar la televisión.

Justo en aquel instante, se sobresaltó al escuchar que alguien llamaba a la puerta. Miró el reloj. Era demasiado tarde para una visita de cortesía, pero abrió la puerta de todos modos.

—Alice…

La anciana entró en el apartamento, que era diáfano, y miró a su alrededor.

—Parece que tu abuelo sigue viviendo aquí.

–Gracias, me gusta la decoración a mí también.

Alice sorbió por la nariz. Evidentemente, a ella no le gustaba nada.

–Siempre fue un minimalista… en la vida y en el amor.

–No me parece justo. Él te amo hasta el final de sus días –le espetó–. Lo siento –añadió al ver que Alice la miraba acongojada–. Eso ha estado fuera de lugar. He tenido un día algo complicado y tú has pagado mi frustración. No debería haber sido así.

Alice se frotó el pecho y asintió.

–No. Ha sido merecido. Me disculpo.

Yasmin suspiró. Aparentemente, aquel día todo el mundo había decidido disculparse con ella.

–¿Te gustaría sentarte?

Alice se sentó en el sillón mientras ella volvía a hacerlo en el sofá. Centella salió del dormitorio para olisquear a la recién llegada.

–¿Este es el cachorro?

–Se llama Centella.

Yasmin se preguntó la razón de la visita de Alice. A la anciana le faltaba ligeramente el aliento. Yasmin no sabía si era por haber tenido que subir las escaleras o por el perro.

–¿Te importa que esté aquí? Si quieres, puedo volver a ponerlo en el dormitorio.

–No, no. Está bien.

Alice miró a su alrededor una vez más y vio una foto del abuelo de Yasmin. La anciana se levantó con elegancia y tomó la foto para mirarla más atentamente.

–Era un hombre muy guapo y un magnífico ingeniero. Y bailaba mejor que ningún hombre que yo conociera.

Yasmin la miró sorprendida.

–¿Bailar mi abuelo?

–Sí –contestó Alice con una sonrisa–. En su tiempo era un buen bailarín –añadió. Volvió a dejar la foto donde estaba y se giró para mirar a Yasmin–. Yo lo quería mucho, ¿sabes?

–Pero, aparentemente, no lo suficiente para casarte con él –comentó Yasmin con amargura.

–Jamás me lo pidió.

Yasmin se quedó atónita.

–Pero sabías que él te amaba...

–Lo sospechaba, sí. Y yo le amaba a él, pero también amaba a Eduard –dijo, con voz quebrada–. No tienes ni idea de lo difícil que me resultó, porque amaba a dos hombres. Unos hombres que eran amigos y cuya amistad se había transformado en una fiera rivalidad por mí. A veces creo que hubiera sido mejor que mi padre no nos hubiera sacado de Hungría para traernos aquí. Sin embargo, entonces no habría tenido a mi familia. Y nunca hubiera construido nuestra dinastía.

–¿Cómo elegiste entre Eduard y mi abuelo?

–Al final, se redujo todo a una cosa. Eduard fue el único de los dos que me dijo que me amaba. Fue el que me pidió que me casara con él. Por aquel entonces, era un poco tonta y me gustaba que dos hombres fueran detrás de mí sin pararme a considerar las consecuencias de todo aquello cuando yo eligiera a uno de los dos. No me malinterpretes. No lamento mi decisión, pero siento mucho la infelicidad que eso le produjo a Jim y el impacto que tuvo en la relación que él tenía con la mujer con la que terminó casándose y en su relación con tu padre y contigo.

Yasmin no sabía adónde mirar o qué decir. Alice volvió a tomar asiento. El silencio duró unos instantes hasta que Alice volvió a romperlo.

–¿Amas a mi nieto, Yasmin?

–¿Cómo ha dicho?

–En realidad, es algo bastante sencillo. ¿Amas a Ilya?

–No es nada sencillo. Él me traicionó. No puedo volver a confiar en él.

–¿Sabías que él fue la persona que te sacó del agua la noche de la novatada? Te salvó la vida.

–¿Cómo lo…?

–Bueno, tengo mis fuentes –dijo Alice mientras agitaba una delicada y arrugada mano–. Creo firmemente en el destino, querida. Había una razón para que él estuviera allí aquella noche, y no fue porque fuera parte de lo que esa chica malvada te hizo. Estaba allí con un propósito de más enjundia.

–No lo sabía… no me lo dijo…

–¿Acaso le diste oportunidad?

–No –respondió ella, tras pensarlo unos instantes–. No le di oportunidad.

–Tampoco lo habría hecho yo en tu lugar –admitió Alice–. Mi nieto no comparte sus cosas ni conmigo ni con nadie. Es fiero y leal, pero también muy cuidadoso. Sin embargo, no entrega su amor con facilidad. Como tú. Querida, tienes que decidir si amas a Ilya y así podrás dejar atrás el pasado.

–No he dicho que no lo amara –respondió Yasmin con la misma testarudez que había heredado de su abuelo. Fue una reacción instintiva, que surgió de un sentimiento de autoprotección.

Alice sonrió.

–Te pareces mucho a Jim, pero tienes también la sensibilidad de tu padre. Creo que, si Ilya y tú sois capaces de superar esto, seréis inseparables en el futuro. Pero tienes que quererlo y luchar por ello si lo quieres.

–Ni siquiera sé si él me ama. Nunca me lo ha dicho.

–No. No es la clase de hombre que hable abiertamente de sus sentimientos. Solía serlo antes, pero, como tú, él también sufrió mucho. ¿Estás dispuesta a arriesgar el resto de tu vida sin saber si a los dos os habría ido bien juntos? ¿Tan malo es lo que hizo en el pasado que no se le puede perdonar?

Yasmin consideró aquellas palabras. El día que se marchó, apenas había dejado que él hablara. Se había sentido herida y confusa al enterarse de que había estado comprometido con Jennifer Morton. Por fin, sabía que había sido él quien la sacó del agua y evitó que se ahogara. Le había juzgado muy mal.

Pensó en todas las cosas que había hecho desde que ella le dejó: darle a Centella, buscar a Jennifer, presentar cargos y conseguir que se disculpara… Además, la había ayudado mucho con Carter Air e incluso le había dado dinero para pagar su préstamo. Yasmin no le había pedido nada y, sin embargo, él se había desvivido por ella.

Al menos, se merecía que lo escuchara.

–Está bien –dijo Alice mientras se ponía de pie–. Ya he dicho lo que he venido a decirte. Espero volver a verte muy pronto, querida.

–Gracias por venir –observó Yasmin mientras la acompañaba a la puerta–. Lo digo en serio. Han sido momentos muy difíciles.

–La vida nunca es fácil, pero se convierte en lo que hagamos de ella.

Yasmin cerró la puerta cuando Alice se marchó y se

175

apoyó contra ella. No podía dejar de pensar en las palabras de la abuela de Ilya. ¿Podría conseguirlo? ¿Podrían conseguirlo, más bien? ¿Importaba tanto que Ilya no le hubiera dicho la verdad? Si importaba, ¿podría perdonarlo?

Solo había una manera de averiguarlo.

Capítulo Diecinueve

–Ven aquí, Centella. Vamos a dar un paseo en el coche.

El cachorro se acercó a ella corriendo, con la lengua caída hacía un lado de la boca y los ojos brillantes de excitación al escuchar su palabra favorita.

Yasmin se tomó su tiempo para llegar a la casa de Ilya. No hacía más que preguntarse si debería haberle llamado primero, al menos para ver si estaba en casa. Sin embargo, ya no importaba. Estaba comprometida a llegar hasta el final.

Centella se puso muy contento cuando llegaron a la verja de acceso a la casa. Yasmin no tenía mando. Lo había dejado en la casa pensando que nunca jamás lo volvería a necesitar. Dudó. No sabía qué hacer. Si llamar o darse la vuelta y regresar a casa.

Las puertas se abrieron lentamente. Eso significaba una de dos cosas: o Ilya iba a salir o la había visto por la cámara de seguridad y había abierto.

Yasmin entró en la finca y, al pasar por delante del helipuerto, vio que uno de los helicópteros de la flota Horvath estaba allí estacionado. ¿Iba Ilya a marcharse a algún sitio o acaso tenía visita?

Las manos le temblaban cuando detuvo la furgoneta delante de la casa. Vio que Ilya la estaba esperando en la puerta.

Al verlo, el corazón estuvo a punto de saltársele del

pecho. Alto, fuerte, guapo... debería haber una ley en contra de algo así. Su frágil corazón ya no sabía lo que creer o decir, pero a su lado, Centella ladró alegremente al reconocerlo. Ella le soltó el arnés que utilizaban para llevarlo en el coche y lo dejó salir.

Ilya se inclinó sobre él para darle cariñosamente la bienvenida. El animal no paraba de ladrar, de lamer y de mover la cola con la exuberancia de un cachorro que se ha visto separado de un ser querido durante lo que, para él, debían de ser meses en vez de días.

—¿Vas a salir o le has traído solo para que me haga una visita?

Yasmin se sintió furiosa. ¿Cómo se atrevía Ilya a hacer una broma en un momento como aquel? Estuvo a punto de volver a cerrar la puerta y marcharse de allí. ¿Acaso no sabía lo difícil que aquello le estaba resultando a ella?

«¿Cómo va a saberlo si ni quiera has querido hablar con él?», le dijo una voz dentro de ella.

Yasmin dejó escapar el aire que había estado conteniendo y se obligó a bajar del coche. Se dirigió hacia Ilya. Se sentía algo mareada y, al mismo tiempo, como si el peso de su futuro, el de Ilya y el suyo, le descansara sobre los hombros.

—¿Quieres entrar? —le preguntó él.

—Creo que será lo mejor —consiguió responder ella. Su voz sonaba tensa, hosca y poco natural incluso para sí misma.

Atravesó la sala que quedaba junto a la cocina y se colocó junto a las puertas que daban al patio. Centella comenzó a arañar el cristal, desesperado por salir al exterior y buscar uno de sus juguetes. Ella lo dejó salir y lo siguió al exterior.

–¿Quieres algo? –le preguntó Ilya a sus espaldas.

–Algo de valor, tal vez –respondió ella secamente.

–¿Valor? No lo sé… Yo creo que eres una de las mujeres más valientes que conozco.

–No me lo merezco.

–¿Qué te hace pensar eso?

–Ante la primera señal de peligro, salgo corriendo.

–Eso se llama instinto de supervivencia. Probablemente hay muchas especies extinguidas que desearían haber perfeccionado el arte de correr.

Yasmin sonrió ante su intento de hacer una broma.

–Hoy he tenido un par de visitas. Y he recibido una carta por mensajero.

–Ah, sí –asintió Ilya mientras observaba cómo Centella corría en el patio–. ¿Quieres que nos sentemos y hablemos de eso?

Yasmin tomó asiento junto a la enorme mesa de granito que había en el exterior y apoyó los brazos sobre la superficie. La piedra aún estaba caliente por el calor del sol y dio fuerzas a Yasmin.

–¿Lo has sabido siempre?

–¿El qué?

–Que fui yo a la que salvaste.

–No. No lo supe hasta el día en el que salimos a volar en el Ryan. Cuando estuvimos hablando, más tarde. Ya sabes.

–¿Por qué no dijiste nada?

–No podía. Tú acababas de compartir la peor experiencia de tu vida conmigo. Decirte que yo formé parte de ello habría ayudado a que fuera aún un recuerdo más terrible. Sé que es culpa mía y que no debería tratar de encontrar excusas, pero no quería poner en riesgo la relación que estaba empezando a surgir entre nosotros.

–¿No crees que se debería construir una relación sobre la confianza?

Ilya asintió y apartó brevemente la mirada antes de volver a centrarse en ella.

–Así es y siempre me arrepentiré de no habértelo dicho antes y que tuvieras que enterarte de la manera en la que lo hiciste. Sin embargo, ya no puedo cambiar el pasado por mucho que lo desee. Siempre voy a estar ligado a la peor experiencia de tu vida.

Ilya se quedó un instante callado, con la mirada fija en un punto inmaginario, recordando el desdichado momento, hasta que dijo:

–Cuando llegué, tú acababas de entrar en el agua. Noté enseguida que estabas mal. Le pregunté a Jen que en qué estaba pensando al dejarte nadar en ese estado, pero ella me dijo que eras tú la que quería hacerlo. Te estuve observando y vi el momento en el que tus brazos empezaron a pesarte demasiado, el momento en el que empezaste a hundirte. Fui detrás de ti y te saqué del agua.

–Gracias. Nunca me dijeron quién me había sacado. Nunca tuve la oportunidad de darte las gracias.

–Fue lo que hubiera hecho cualquier persona decente. Desgraciadamente, no había muchas aquella noche en la arena.

En su voz se notaba que estaba furioso, como si todo lo ocurrido aún le doliera. A juzgar por cómo había apretado el puño sobre la mesa, así era.

–¿Y tú conseguiste que Jennifer se disculpara conmigo?

–Sí.

–Había empezado a sospechar de ella, pero, ¿cuándo estuviste totalmente seguro de que se trataba de ella?

Ilya se frotó el rostro con la mano.

–Durante las dos primeras semanas que transcurrieron después de que te marcharas, no supe qué hacer. No hacías más que rechazarme, así que decidí que tenía que encontrar otra manera. Entonces, recordé que me habías dicho algo de unos correos.

Le explicó que había revisado su ordenador hasta llegar a los que buscaba y se disculpó por haber invadido su intimidad. A continuación, le contó cómo había pedido ayuda a su prima para que rastreara el origen de los correos.

–Madre mía… Ni siquiera la policía fue capaz de descubrir todo eso.

–Probablemente no se dieron cuenta de la urgencia que había como yo. Yo tenía que demostrarte que no era lo que pensabas. Tú necesitabas saber quién estaba detrás de todo el asunto y necesitabas también una compensación.

Le explicó a continuación cómo había entregado a Jennifer a la policía y los cargos a los que se enfrentaba. Le dijo que la policía se pondría en contacto con ella para comunicárselo. También le explicó que Jennifer parecía tener un problema del alcoholismo y que, de buen grado, había ido a disculparse con los Hardacre y le había escrito la carta a Yasmin admitiendo su culpa. Le dio a entender que, si ella estaba de acuerdo, Jennifer podría optar a tener un tratamiento para sus adicciones en lugar de recibir una condena fuerte.

Mientras hablaba, Yasmin se dio cuenta de la persona tan especial que él era.

–Bueno, me alegro de que hayas hecho eso. Me ha permitido cerrar una puerta con el pasado. Por cierto, Esme Hardacre se ha pasado hoy a verme.

Él la miró y esperó a que ella le diera más detalles.

−¿Y?

−Quiere volver a negociar nuestro contrato. Le dije que lo pensaría.

−Si aceptas, ya no necesitarás mi ayuda.

Había algo en su voz que le hacía sonar perdido, como si pensara que sin el trabajo que él le estaba ofreciendo ya no lo necesitaría más.

−¿Acaso quieres que necesite tu ayuda?

Ilya tragó saliva.

−Mi ayuda no. Para serte totalmente sincero, Yasmin, quiero que me necesites del modo en el que yo te necesito a ti. Te amo.

Yasmin abrió los ojos de par en par. ¿Era miedo, rechazo o esperanza lo que Ilya vio reflejado en ellos? Rezó para que fuera lo último. Había hecho todo lo que había podido para enmendar la situación. Todo. Dejarlo en sus manos era lo más duro que había hecho en toda su vida. Más que aterrizar un avión sabiendo que no podía hacer ya nada por su padre. Más que estar junto a la tumba de su madre sabiendo que no le había bastado para llenar su vida. Más que admitir que no había sabido ver la clase de persona que Jennifer era cuando la eligió para casarse con ella.

Sin embargo, Yasmin era una oportunidad para el futuro que no había esperado nunca. Un futuro que deseaba con toda el alma y todo el corazón. Había movido cielo y tierra solo por ella. Sin embargo, ella no era la clase de persona que pedía nada. Era autosuficiente. ¿Cómo lograba atravesar un hombre aquel océano de independencia con el que ella se rodeaba? ¿Cómo conseguía que ella comprendiera lo mucho que significaba para él cuando acababa de empezar a comprenderlo él mismo?

La voz de Yasmin sonó dubitativa cuando habló.

—Necesitar a alguien me da miedo. Me hace sentir menos merecedora. Ciertamente, menos merecedora del amor.

Ilya negó con la cabeza.

—Eso no es cierto. Eres una mujer increíble. Has hecho mucho y nunca te rindes.

—Me rendí en lo que se refería a nosotros.

—Las circunstancias eran extenuantes…

—No, Ilya. Necesito sentirlo, del mismo modo que necesitaba sentir que había permitido que Jennifer fuera dueña de mis decisiones y de la imagen que tenía sobre lo que yo valía durante demasiado tiempo. Hasta que no me casé contigo, no empecé a aprender lo que era el amor.

Ilya escuchó aquellas palabras y sintió un pequeño rayo de esperanza.

Ella continuó hablando.

—No eras lo que esperaba. Tienes que comprender que estaba condicionada para odiarte.

—Esa fue la impresión que me dio cuando saliste huyendo el día de nuestra boda.

—Tampoco fue uno de mis mejores momentos y, una vez más, todo provocado por el miedo. No quiero que el miedo rija mi vida nunca más, Ilya. Quiero tener el control.

¿Cómo era posible que no se diera cuenta de que ya lo tenía? ¿De que, en realidad, siempre lo había tenido? ¿No comprendía que una persona más débil se habría roto por completo por lo que le había ocurrido? Sus padres la habían dejado abandonada con un anciano gruñón. Luego el incidente de la universidad… Cada una de aquellas cosas era más que suficiente para marcar a una persona, pero ella se había enfrentado a todo. Ilya se lo dijo así.

—Muchas gracias, Ilya. No me pasa con frecuencia que me pueda ver a través de los ojos de otra persona.

Centella se cansó de jugar y se acercó a ellos. Se tumbó entre los dos con un suspiro de felicidad y se quedó dormido inmediatamente. Ilya miró al cachorro y, durante un instante, envidió la simplicidad de su vida. Sin embargo, si su vida fuera así de sencilla, Ilya no tendría a aquella mujer tan hermosa, tan fuerte y tan complicada sentada frente a él. Una mujer que tenía su corazón en las manos.

—Lo he dicho todo en serio. Igual que cuando te he dicho que te amo. Sé que te defraudé al no decirte la verdad sobre Jen y yo. Lo lamento más de lo que puedo expresar con palabras. Tu confianza en mí me importa mucho. Lo es todo. Sin ella, me siento como si solo fuera la mitad de un hombre. Tú eres mi otra mitad. ¿Me perdonarás alguna vez mi silencio? ¿Nos darás a ambos, a mí, una segunda oportunidad?

—Ilya, esta noche vine aquí sin saber lo que quería decir. La confianza es lo más importante para mí y me sentí traicionada por ti. Sin embargo, mi percepción de lo que ocurrió aquella noche no es imparcial, igual que cuando te vi junto al altar, la percepción que tenía de ti estaba influida por todo lo que mi abuelo solía decir de tu familia —admitió. Respiró profundamente y extendió las manos por encima de la mesa para agarrar las de él—. No quiero trabajar en tu contra. Quiero trabajar contigo. Para serte sincera, no quiero aceptar el contrato de los Hardacre. Quiero trabajar contigo, tal y como lo hicieron al principio nuestros abuelos y tal y como deberían haber seguido haciéndolo. Si estás dispuesto, claro está. No voy a permitir que lo que otras personas digan o hicieran se interponga en mi felicidad. Soy la que toma las decisiones y yo te he elegido a ti. Durante mucho tiempo, traté de encajar en este mundo. No encajé ni con mis padres ni con mi abuelo. En el colegio, era la que ganaba los premios, pero no con la que se quería sentar todo el mundo a almorzar. Y en la universidad… bueno, ya sabes. Jamás sentí que encajara en ninguna parte, pero sé muy bien dónde quiero estar. Aquí, contigo. Te amo, Ilya, y quiero decírtelo todos los días durante el resto de nuestras vidas. No son palabras que me resulte fácil pronunciar, como de igual manera no estoy acostumbrada a escucharlas. Nunca pensé que las necesitaría, pero así es. ¿Podemos volver a intentarlo? ¿Podemos tratar de conseguir que nuestro matrimonio funcione? ¿Podemos estar juntos?

Ilya se levantó inmediatamente y la tomó entre sus brazos casi antes de que ella hubiera terminado de hablar.

—Te diré cada minuto del día durante el resto de nuestras vidas lo mucho que significas para mí. Tal vez no siempre utilice las palabras exactas, pero jamás tendrás que dudar de mí o de mi amor por ti. Nunca más –le juró.

Yasmin lo miró y le enmarcó el rostro con las manos.

—Voy a necesitar ayuda para comprender lo que se necesita para ser parte de una pareja, para aprender que no tengo por qué estar sola en todo. Necesitaré ayuda para aprender cómo abrirme a ti y también para ser merecedora de tu amor.

185

–Siempre estaré apoyándote. No habrá más secretos entre nosotros…

–No habrá más secretos –repitió ella con voz suave.

Ilya la besó y selló con sus labios una promesa que iba más allá de las palabras. Su corazón le decía sin ninguna duda que superarían juntos todas las dificultades. Se sacó la alianza de bodas de Yasmin del bolsillo, donde se la había estado poniendo todos los días, y volvió a colocársela en el dedo. Sabía que lo conseguirían. Tal vez no aquel día, ni el siguiente, pero les quedaba todo el futuro por delante. Un largo futuro. Juntos.

No te pierdas, *Casados de nuevo*
de Yvonne Lindsay,
el próximo libro de la serie
Boda a primera vista.
Aquí tienes un adelanto…

–Todo va a salir bien, mamá –dijo Imogene, apresurándose a tranquilizar a su madre por milésima vez.

No tenía duda alguna de que su madre recordaba demasiado bien la mujer rota que Imogene había sido cuando regresó de su voluntariado en África, con su primer matrimonio, sus esperanzas y sus sueños hechos añicos. Sin embargo, como le había dicho a su madre varias veces, en aquella ocasión las cosas iban a ser completamente diferentes. Aquel matrimonio se iba a basar en la compatibilidad mutua, que se había encontrado después de un intenso estudio clínico realizado por un equipo de asesores matrimoniales y psicólogos. Algo completamente práctico. Ella ya había pasado por el amor pasional, había experimentado la felicidad y el gozo de la atracción a primera vista, aunque apenas había conseguido superar la devastadora realidad al descubrir que todo había sido mentira. Así, al menos, nada iría mal.

–¿Lista? –le preguntó la organizadora de bodas con una voz perfectamente modulada y tranquila.

Imogene se pasó una mano por su vestido de novia, una creación de seda y organza que no tenía nada que ver con el vestido de cóctel prestado que se había puesto para su boda anterior.

–Por supuesto –asintió.

La organizadora de bodas le dedicó una amplia sonrisa y, después, le indicó al pianista que cambiara de música para anunciar la entrada de la novia. Imogene dudó en la puerta. Entonces, tomó la mano de su madre y comenzó a avanzar lenta y firmemente hacia el hombre con el que iba a construir un futuro y a crear la familia que tanto tiempo llevaba deseando. Una serena sonrisa adornaba su rostro mientras establecía un ligero contacto visual con los amigos y los parientes que habían realizado el viaje desde Nueva York a la costa oeste. La formalidad de firmar la solicitud de licencia por separado allí en el estado de Washington cumplía a la perfección con la regla de conocerse en el altar que imponía Matrimonios a Medida. Se aseguró de que aquello era lo mejor para una chica chapada a la antigua como ella, con valores tradicionales. En aquella ocasión, no pensaba dejar nada al azar. En aquella ocasión, iba a conseguirlo.

La anterior boda de Imogene había estado llena de excitación y una alocada dosis de lujuria. «Y mira cómo te salió», le recordó una vocecilla en el interior de la cabeza. Hizo un gesto de contrariedad. Aquella boda sería diferente. No había burbujas de excitación, más allá de una cierta curiosidad por ver exactamente cómo sería el novio. Ciertamente no había lujuria, al menos por el momento.

No. En aquella ocasión no iba a ser víctima de las embriagadoras garras de la pasión, una pasión que le había aturdido los sentidos, por no hablar del sentido común. En aquella ocasión, tenía en mente un objetivo concreto. Una familia propia. Podía dar los pasos suficientes para ser madre soltera.

Acepte 2 de nuestras mejores novelas de amor GRATIS

¡Y reciba un regalo sorpresa!

Oferta especial de tiempo limitado

Rellene el cupón y envíelo a
Harlequin Reader Service®
3010 Walden Ave.
P.O. Box 1867
Buffalo, N.Y. 14240-1867

¡Sí! Por favor, envíenme 2 novelas de amor de Harlequin (1 Bianca® y 1 Deseo®) gratis, más el regalo sorpresa. Luego remítanme 4 novelas nuevas todos los meses, las cuales recibiré mucho antes de que aparezcan en librerías, y factúrenme al bajo precio de $3,24 cada una, más $0,25 por envío e impuesto de ventas, si corresponde*. Este es el precio total, y es un ahorro de casi el 20% sobre el precio de portada. !Una oferta excelente! Entiendo que el hecho de aceptar estos libros y el regalo no me obliga en forma alguna a la compra de libros adicionales. Y también que puedo devolver cualquier envío y cancelar en cualquier momento. Aún si decido no comprar ningún otro libro de Harlequin, los 2 libros gratis y el regalo sorpresa son míos para siempre.

416 LBN DU7N

Nombre y apellido	(Por favor, letra de molde)

Dirección	Apartamento No.

Ciudad	Estado	Zona postal

Esta oferta se limita a un pedido por hogar y no está disponible para los subscriptores actuales de Deseo® y Bianca®.
*Los términos y precios quedan sujetos a cambios sin aviso previo.
Impuestos de ventas aplican en N.Y.

SPN-03   ©2003 Harlequin Enterprises Limited

Bianca

¡Unidos por una impactante consecuencia!

SOLO UNA NOCHE CONTIGO

Cathy Williams

Leo Conti estaba decidido a llevar a cabo una adquisición crucial… hasta que conoció a Maddie Gallo. Y, cuando su irresistible química prendió, ¡resultó inolvidable!

Pero enseguida conoció la verdad: Maddie era la heredera de la compañía que él quería comprar… ¡y estaba embarazada! La prioridad pasó entonces a ser su heredero. ¿Lograría firmar un acuerdo por el que Maddie caminara hasta el altar con él?

DESEO

Si quería heredar su fortuna, tendría que encontrar marido en menos de tres semanas

Un marido
conveniente

FIONA BRAND

Eva Atraeus se tenía que casar, pero todos sus intentos por encontrar esposo se estrellaban contra el muro del administrador de su herencia, Kyle Messena, el hombre que le había partido el corazón en su juventud.

Kyle no estaba dispuesto a permitir que Eva acabara con alguien que solo buscaba su dinero. La deseaba demasiado, lo cual no significaba que tuviera intención de enamorarse. La convertiría en su esposa y, cuando ella recibiera su herencia, se divorciarían. Pero cometió un error que lo cambió todo: acostarse con ella.